好きなものは好きなんです！

登場人物紹介
アレクシオ
王国軍長官でサンフラン公爵家当主。
大きな体と強面《こわもて》が原因で
多くの女性におびえられている。
舞踏会でリオディーニと出会い、
彼女をエスコートすることに。
リオディーニ
スリムな男性がモテる世界に、
男爵令嬢として転生。
ぼんやりと前世の記憶を持っていて、
体が大きくマッチョな男性が好み。
社交界デビューの日、
アレクシオに一目惚れする。

クリュレ王子
隣国アレス王国の第二王子。
結婚相手を探している。
キュリー王女
サンフラン王国の王女。
過去、アレクシオとの縁談話が
あったようだが——？
シオラス
サンフラン公爵家の家令。
アレクシオのよき理解者。
リューク
リオディーニの兄。
将来、爵位とカーディ商会を
継ぐため、父親のもとで勉強中。
カーディクルソン男爵
リオディーニの父親。
十数年前、領地の貧しさを改善すべく
カーディ商会を立ち上げて成功する。

プロローグ

彼女の名前は、リオディーニ・カーディクルソン。大陸一の大国サンフラン王国の、ある男爵家に生まれた。

サンフラン王国は他国との関係も良好で、平和な国だ。都市部では石畳を馬車が走り、煉瓦《れんが》造りの家が立ち並んでいる。人々はランプに明かりを灯し、薪《まき》で火をおこしてご飯を炊き、皆おだやかに暮らしていた。

特別便利でも不便でもないこの国で、リオディーニ――リオもまた平凡な日常をおくっている。

父と母、三人の姉に兄が一人の七人家族で、家族仲も良い。

だけどリオには、大好きな家族にも言えない秘密があった。

実は、リオには前世の記憶があるのだ。

とはいえその記憶は、とても漠然としたもの。

前世で暮らしていた国の名前や、家族や友人のことは思い出せない。ただ、この世界には存在しないものがたくさんあり、暮らしぶりがまったく違ったことは覚えている。

前世の自分は成人していて、職にも就いていたようだ。

昼は仕事で、夜は趣味の時間。

曖昧《あいまい》な記憶の中で鮮明なのは、趣味で読み漁《あさ》っていた恋愛系の物語の記憶。

胸がドキドキして、きゅんとするような物語が、前世のリオは大好きだった。

素敵な男性がリオの手を取って、愛をささやくところを想像したりもした。

愛《いと》しい人に触れてもらうと、どんな気持ちになるのだろう。

彼にそっと抱き寄せられて、キスをされたら？

前世のリオは、自分がその物語のヒロインになることを、こっそり夢見ていたのだ。

そんな前世の記憶について、リオは誰にも話したことがない。いや、正確に言うと、乳母《うば》にだけ話したことがあった。しかし彼女は「夢でも見たのでしょう」と笑い、リオの話を信じてくれなかった。そのためリオは、その話を誰かにするのはやめようと心に決めた。

これは、リオだけの秘密。

……けれど、いつか心から愛する人ができたら、話してみたいとも思っていた。

いつか、大好きな人にこの突拍子もない話を信じてもらえたら——

この物語は、リオが素敵な旦那様にめぐり会い、彼と幸せになるまでのお話である。

一

「ステキ、ステキ、ステキ！」

リオは、目を輝かせながら叫んだ。

「お嬢様、はしたないですよ」

小さな頃から彼女に淑女教育《しゅくじょ》を施《ほどこ》してきた乳母《うば》が、リオを睨《にら》む。

はしゃげば叱られるとわかっていたけれど、我慢したら鼻血を出して倒れそうなほど、彼女は興奮していたのだ。

今、リオの部屋の壁にかけられているのは、数日後に行われる舞踏会に着ていくドレス。

上半身は飾りのない黒のシンプルなデザインで、スカートは赤と黒のチェック柄の布を重ねて膨《ふく》らみを作っている。肩はすべて出すタイプなので、薄く光沢のあるストールを羽織《はお》るつもりでいる。

幼く見られがちなリオが着ても、子どもっぽく見えないようにと選んだものだ。

リオは背が低い。

子どもの頃から、周りの子たちより一回り小さかった。人より成長期が遅いだけだと思っていたのだが、残念ながら十八歳になった今も背は小さいままだ。

デビュタントまでに背が伸びなかったことは悲しいけど、素敵なドレスを用意できた。

これを着て、リオは社交界デビューを果たす。

そして――

「ステキな男性とダンスするのよね……」

リオはその光景を想像して、うっとりと目を細めた。

乳母《うば》はそんなリオを見て片眉を上げたが、しばらくしてあきらめたように微笑んだ。


リオは、カーディクルソン男爵家の末っ子として生まれた。

兄姉《きょうだい》とは年が少々離れていることもあり、家族中からかわいがられて育った。

小さな体で素直に感情を表現するリオは、家族以外からもかわいいと言われることが多い。

それと同時に、「ものの考え方が、普通と違う」「着眼点がずれている」と、頻繁に言われる。これは、前世の記憶を持っていることが要因なのだが、リオ本人はなぜそう言われるのかわからず、そのたびに首をかしげていた。

リオが生まれた頃、カーディクルソン男爵家は領地からの収入が少なく、少々……いや、非常に貧乏であった。

カーディクルソン男爵は、このままでは、娘の嫁《とつ》ぎ先も息子の嫁も見つからないかもしれないと危《あや》ぶんだ。そこで一念発起《いちねんほっき》して、カーディ商会を立ち上げたのである。リオが五歳の頃だった。

まず男爵は、地元の特産品である牛革を効率的に作るシステムを導入し、大量生産をはじめた。

この革は丈夫で質がよく、靴や鞄《かばん》、服の素材として重用された。

カーディクルソン男爵は、どんどん忙しくなっていった。革を作るだけではなく、それを使って靴や服、アクセサリーの生産もはじめたからである。売れそうだと目をつけたものを、商会は次々と取り扱った。

なんでも屋的な商売をするようになったカーディ商会。するとカーディクルソン家は、貴族が商売をすることを快《こころよ》く思わない貴族たちから、敬遠されてしまった。

母は頭を痛め、兄姉《きょうだい》はあきれ果て「こんな状況じゃ、持参金を準備できても嫁《とつ》ぎ先はないんじゃない？」と言い合っていた。けれど、どうやら、男爵は商売が非常に楽しかったらしい。当初の目的はいつの間にか、商会を大きくすることにすりかわっていたのである。

男爵のがんばりで、カーディ商会は年々順調に大きくなっていった。

男爵は収益で領地の道路や田畑の整備を行《おこな》った。

男爵領は、王都とは近くもなく遠くもなく、ほどほどの距離に位置する。王都と地方を行き来する人々にとって中継地点なのだが、それまではぬかるみやすい土の道路だったため、男爵領を経由する者はあまりいなかった。

道路が石畳になり道幅が広くなると、馬車が通りやすくなったと商人の出入りが増え、結果、街には多くの品物や人が集まった。

しかし、リオが十歳になりマナーやダンスを習いはじめた頃には、カーディ商会はやるべきことをやり終えてしまい、イマイチ業績が上がらなくなってしまった。

そんなある日、リオはカーディ商会で作ったヒールのある靴を掲げて、男爵に訴えた。

「この靴、底が薄くて足の裏が痛くなっちゃうの。中にクッションを敷いてよ」

男爵はきょとんとして聞き返す。

「靴の中にクッション？」

男爵はリオの言葉を繰り返しながら、眉間にしわを寄せて考えこんだ。

それから数週間後、男爵はリオにクッションが入った靴を渡した。これは市場でも売り出され、足が疲れにくいと評判になった。噂が広まり、数年後にはサンフラン王国内の靴の大半にクッションが敷かれるようになったほどだ。

それはさておき、クッションの入った靴を履くようになったリオだったが、ある日また男爵に訴えた。

「ダンスをしてると、すぐ足が痛くなるの！　靴の中で足が滑るからだと思うのよね。だから転ぶんだわ。クッションに滑り止めをつけて」

「転ぶのは、お前が右足を左足に引っかけるからだろう」

男爵はリオにツッコみながらも、考えこんだ。

「靴の内側に滑り止め？　外側……というか、靴底には当然あるが、内側にも必要か？」

男爵は首をかしげつつ、リオが言う通りの靴を作ってくれた。

そしてリオのもとに届いた、滑り止めつきの靴。これもまた市場に売り出され、爆発的にヒットした。

まず、毎日靴を履きかえる貴族にウケて、大量に売れた。やがて値が少々下がると、侍女など、きれいな靴で動き回らなければならない仕事に就く女性が、こぞって買った。

気をよくした男爵は、その後も嬉々として商品に改良を加えていった。

それからしばらくして、リオは再び男爵に言った。

「やっぱり転ぶんだけど……靴のヒールを太くしてよ」

「ダンスが下手《へた》なのは、どう考えても靴のせいじゃないだろう？　たくさん練習して上手《うま》くなるか、ダンスは無理なんだとあきらめるか、どちらかしかない」

「ひどい！」

あきれたように言う男爵にリオはぷんぷん怒り、『とにかく協力して』と靴の改良を頼んだ。

その後も、リオの要求は男爵に商品改良のヒントを与え、商売に大きく貢献していった。

リオが欲したものはカーディ商会で形になり、彼女の手元に届くだけでなく、市場にも出回るようになるのだ。

こうして、カーディ商会は、『ほかにはない逸品《いっぴん》』を扱う商会として有名になっていった。

多くの商人がカーディ商会を訪れ、新商品の情報を欲しがる。

カーディ商会立ち上げから十年経たずして、カーディクルソン男爵領は、商人だけでなく一般人も立ち寄る街へと成長した。

何しろ、男爵領には、新商品がいち早く買える街がある。

商会の店の棚には、発売したばかりの商品がいくつも並ぶ。それらは今後、流行《はや》る可能性のあるものだ。流行《はや》りだしたときにすでにそれを持っていれば、まだ持っている人が少ないアイテムを、自分は前から持っていたと言える。

流行を先取ることとは、一種のステータスだ。流行の最先端を行きたいと望む女性は多く、特に貴族女性にその傾向は強い。

そうして次第に、カーディクルソン男爵とつながりを持ちたいという貴族が現れはじめた。

商人が動き、貴族が動けば、経済も動く。

かくしてカーディ商会は、一国の経済に影響を与えるほどの力を手に入れたのである。そのうちに、商会の名は、カーディクルソン男爵その人の名よりも有名になってしまった。

そしてカーディクルソン男爵は今や、世界屈指の富豪。上位貴族たちに恐れられる存在になった。中には、男爵がよからぬ企《たくら》みをして国を危機に陥《おとしい》れるのではないかと警戒する貴族まで出てくる始末。

カーディクルソン男爵は、その状況を憂《うれ》いた。

身に覚えのないことを疑われるのは面倒な上に、対応はとてつもなく厄介。しかも商売の邪魔になる。

そこでカーディクルソン家は、王都で暮らすことにした。国王のすぐそばで、包み隠さず商売をすることにしたのだ。男爵は国王に忠誠を誓い、叛意《はんい》がないことを明確に示した。

一方、領地の運営については、「人材を貸してほしい」と国王に頼みこみ、王直属の部下をもらい受けた。軍備に金を使うつもりはまったくなく、男爵領内で拡大するのは店と工場だけだと、国王に明示した。

これらの行動により、男爵は、王家から多大な信用を寄せられる存在に成り上がったのである。

男爵が、カーディ商会を立ち上げた当初の目的――子どもたちの婚姻は、つつがなく結ばれていった。というのも、端《はな》から父親を当てにしていなかったリオの兄姉《きょうだい》たちは、自分たちで幼馴染《おさななじみ》やら商売相手やらから相手を見つけて結婚したのだ。

カーディクルソン家に残っているのはリオだけ。

そして満を持して、貴族の末席にいながら多大な影響力を持つ男爵家の末っ子が、社交界デビューを果たすのである。貴族はもちろん、商人たちまでも、彼女に注目していた。

どの貴族も、カーディクルソン家と縁を持ちたくて、機会をうかがっている。

しかし、リオにとって、人々の目などどうでもよかった。

カーディクルソン家という名前に惹《ひ》かれて寄ってきた人に、損得勘定《そんとくかんじょう》で選ばれて結婚するなんて嫌だ。

政略結婚の必要などない環境にいるし、兄姉《きょうだい》がいるから跡継ぎの心配もない。だからこそ、リオは絶対に、恋愛結婚をしたいと思っていた。

そのためには、社交界で素敵な男性を見つける必要がある。そして、相手に自分のことを好きになってもらわなければ――

リオはずっと、甘い恋愛を夢見ていた。前世の記憶にある物語みたいな恋愛をしたいのだ。

しかし、リオの外見は、誰からも好まれるものではない。

ふわふわと柔らかな薄茶の髪は、触り心地はいいが、美しさとはほど遠い。

顔はまん丸で、新緑色の大きな目はありふれたもの。

肌は白いが、外で駆け回ることを禁止される貴族令嬢は、みんなそうだ。際立《きわだ》ってすばらしいわけではない。

その上、体型にコンプレックスがある。リオにとって、いちばんのネックだ。

胸はぺったんこ、背はちび。しかも、ちょ〜〜っぴりぽっちゃりなのである。

リオいわく、ぽっちゃり。断じて太ってはいない。

ぽっちゃりなのを気にして、リオはダイエットもした。だが、どうにも痩《や》せない。どうしようもないので、『こういう骨格なのだ。全体的に丸くなってしまうのは、仕方ない』と自分に言い聞かせている。

それもこれも、元をたどれば父のせいだ、とリオは思う。

丸い顔も、そのせいで幼く見えることも、身長が伸びないのも、痩《や》せにくいのも、父からの遺伝。

そして、カーディ商会が大きくなったため、常に家においしい食べものがありすぎるのも、父のせいなのである。

見た目の改善をあきらめたリオは、『人間は見た目ではない。中身で勝負だ』と切りかえたのだった。

そのためには、男性から見て魅力的《みりょくてき》だと感じてもらえる要素を持たなくてはならない。

そう考えて、リオは大嫌いな勉強も一生懸命やった。商会で接客をしながら話術を学んだり、父の買い付けに同行し、あらゆる商品を自分の目で見て流行を研究した。

努力すれば、美女でなくてもぽっちゃりでも、リオを好きになってくれる人がいるかもしれないから。


――そうしてついに、リオはデビュタントの日を迎える。

決意も新たにお気に入りのドレスを見つめて、リオはつぶやく。

「舞踏会で素敵な方を見つけたら、がんばらなきゃ」

『カーディ商会など関係ない。君だけが愛《いと》しいのだ！』と、リオを抱きしめてくれる男性を探さなければならない。もしも、『君が君だから好きなんだ。見た目なんて気にならないよ』なんて言ってもらえたら……感動して泣いてしまうかもしれない。

うんうんとうなずいてから、リオはぽつりとこぼす。

「その方が、きりっと男らしい顔つきで、私をすっぽり包みこんでくれるくらい、体のがっしりした男性だったらいいなぁ……」

その言葉に、乳母《うば》は大きなため息をついた。そして、今まで何度も繰り返してきた言葉をつぶやく。

「体が大きな方がお好きだなんて、お嬢様の好みは本当に特殊ですわ……」

◇

春、リオが待ちに待った、この国の社交シーズンがはじまる。シーズン最初のパーティは、王城で執《と》り行《おこな》われる決まりだ。

王侯貴族が揃って参加し、今年デビュタントを迎えた女性を見定めるのである。

ここで彼らの目に留まれば、玉《たま》の輿《こし》も夢ではない。多くの女性はこの日に備えて、ドレスやアクセサリー選び、お化粧の仕方など自分を美しく見せる方法を研究する。

リオは外見で見初《みそ》められるようなことはないと思っているので、外見を磨くよりも、美しい所作《しょさ》や好ましい話し方、多岐にわたる話題作りのための情報収集にいそしんだ。

そうして臨《のぞ》んだ初めての舞踏会は――はっきり言って、最悪だった。

まず、数日前から雨が降り続いていたのだ。

リオのふわふわした髪の毛は、湿気をまとうとごわごわになってしまう。

少しでも綺麗に見えるようにと、乳母《うば》はがんばってリオの髪の毛をまとめている途中に……腰をぐきっと痛めた。申し訳ないことに、乳母《うば》は向こう一週間、ベッドから起き上がれなさそうだ。

カーディクルソン男爵家はほんの十年ほど前まで貧しくて侍女のいない暮らしだったので、リオは自分だけでもある程度のことができる。

リオはなんとか自分で髪をまとめ、舞踏会へ行く準備を整えた。

しかし、エスコートしてくれるはずだった兄は、義姉《あね》が産気づいたため、母とともにそちらへ行くという。

「うそでしょう!? 私のデビュタントは!?」

そう叫んだ妹に、彼は振り返ることもなくこう言って走り去った。

「新しい生命の誕生だ！ 何物にも代えがたい！」

気持ちは充分にわかる。妹のデビュタントよりも、実子の誕生が大事なのは当然だろう。

リオが困っていると、父であるカーディクルソン男爵は当初の予定通り舞踏会へ行くというので、エスコートを頼むことに。

了承は得たものの、父はなにかと忙しい。

今回の舞踏会に提供したワインの確認や大臣たちへの挨拶《あいさつ》を優先しなければいけないので、リオのエスコート役をするのはその後になるという。

——ひどすぎる、とリオはしょげた。

そういうわけで、そろそろ舞踏会のはじまる頃だというのに、リオは未だに会場入りすらできていない。会場である王城へ続く、長くて大きな階段の下の控室で男爵を待っているのである。

この小さな部屋は、御者や護衛としてついてきた者たちが主人を待つために用意されているもの。

ドレスアップしているにもかかわらず、そんな場所にいるのは、非常に居心地が悪い。

男爵にここで待っているようにと言われたが、リオに我慢の限界が訪れようとしていた。

（私だって、できるだけたくさんの人と話さなければいけないのに！）

今日のデビュタントには、リオの人生がかかっている。恋愛結婚ができるかどうかは、この一分一秒に左右されるかもしれないのだ。

控室の窓から見える空は、薄闇に包まれている。

階段の先——王城からはきれいな曲が聞こえ、明るい光が漏《も》れてきていた。

来場者は、すでに途絶えている。リオの気は焦るばかりだ。

(もう、みんな挨拶《あいさつ》を済ませてしまったかしら)

こうしている間に、素敵な男性は、意中の女性を見つけているかもしれない。

そんな想いに囚《とら》われ、リオはついに、我慢できなくなった。

(——もういいや、行っちゃえ)

椅子から立ち上がると、リオは足早に控室を出る。そんな彼女の様子に驚く人々を尻目に、王城へ続く大きな階段に足をかけた。

そもそも父を待っていても、会場に着けば彼に連れ回されることになる。

父はある程度、挨拶《あいさつ》を終わらせてくるはずだ。それでも、知った顔を見つければ、リオがいてもおかまいなしで挨拶《あいさつ》に行くだろうし、リオも同伴する羽目になるに違いない。

しかし、リオが出会いたいのは、父が挨拶《あいさつ》するおじさんたちではない。彼らのご子息である。

素敵なご子息が父親にくっついていることは、あまりないだろう。

男性は、基本的に一人で動き回っている。きれいな蝶《ちょう》を捕らえるために。

リオはそんな彼らに接触しなければならないのだ。

幸いなことに、あたりに人はいなかった。階段を上るリオの姿を目撃する者はいない。

——とはいえ、普通の女性が男性に手を引かれて上る長い階段を、少女が一人で勢いよく上っていく姿は、異様。

そんなところを乳母《うば》に見られれば「はしたない！」と怒られるに違いない。兄姉《きょうだい》は絶句し、母は悲しげな表情を浮かべ、父は笑うだろうと予想できた。

誰もいなくてよかったと、リオは前だけを向いて進む。

普通の女性が静々《しずしず》と上る階段をずんずん進んだため、会場の入り口に着く頃には、少し息切れしていた。

「この階段、長い……！　しかも無駄に広い！」

階段に小声で文句をつけながらも、リオはあと一段、というところまでやってきた。

もう少し、と息をついたとき——がくんっと靴のヒールが滑る。体が後ろに傾き、階段から落ちるのだと瞬時に理解した。

（ああ、終わった…………）

妙に冷静な頭の中に、「社交界デビュー」「ステキな男性」「結婚」……と、夢見てきた言葉が次々と浮かぶ。

そして目を閉じ、リオが覚悟を決めた瞬間だった。

とんっ、と軽い感触とともに、温かい何かに包まれた。

背中を支えられ、体がふわりと浮き上がる。しばらくして目を開けると、階段を上りきったところにしっかりと両足がついていた。

そこでようやくリオは、階段から落ちそうになった自分を、誰かが助けてくれたのだと気づいた。しかも、背中を支えてくれたのは、おそらく男性の腕。

見上げると、とても背の高い男性が目に入る。

彼は、リオの体を支えたことなどなんでもないといった風に、そこに立っていた。

「勇《いさ》ましいな」

そう言って笑うと、リオが呆《ほう》けている間に、彼はそっと立ち去ったのだった。


会場に入ったときから、何人かの男性にちらちらと見られている。そのことに気がついて、リオはさりげなく髪を撫《な》でた。

きっと、階段を上がってきたことで髪が乱れてしまったのだろう。それとも、体を動かしたせいで顔が赤くなっているのだろうか。

リオはちょっぴり恥ずかしく思いながら、父親であるカーディクルソン男爵を探して会場を動き回った。

そして、ようやく父親の背中を見つけると、小声で呼ぶ。

「お父様！」

振り向いた男爵は、「やばい」という表情を浮かべた。

リオは彼の心中を悟《さと》り、小走りで詰め寄る。

「忘れてましたね……!?」

「そんなわけないだろう！　かわいい娘よ！　ああ、今日もなんて愛らしいんだろう。この舞踏会が、お前のデビューを飾るにふさわしいものかどうか、確認していたのだよ。確認はいくらしても し足りないからね！」

ぬけぬけと語る父親を見て、リオは母に告げ口しようと決意する。それはともかく、国王主催の舞踏会でなんて不敬なことを叫ぶのだろう、と少々あきれた。

「それはそうと、お前、ここまで一人で来たのか？」

まわりに聞こえないように、カーディクルソン男爵は声をひそめる。

リオは胸を張ってうなずいた。そして文句は口にせず、その元凶となった父親を睨《にら》みつける。

「やっぱりか……。リオ、普通の娘は王城の階段を一人では上らないものなんだよ。我が娘ながら、びっくりだ」

そう言うと、男爵は笑いをこらえるように口元をゆがめ、リオの手を取った。

「仕方ない。じゃあ、お前の紹介をして回ろう」

自宅だったら、確実に爆笑していただろう表情だ。リオは、彼が「仕方ない」と言ったことも、母に告げ口しようと決意する。

明日から一週間ほど、父は母に冷たい視線を向けられることだろう。

そこでリオははっとして、父親に頼みこんだ。

「お父様、私、是非お話ししたい人がいるの！」

「お話ししたい？　お前、一人でいる間に、もう相手を見つけたのか？」

男爵が不満げに片眉を上げた。口うるさい父親の表情である。

リオは、またかとあきれをこめて父親を見上げた。

長い間理解できなかったが、リオには最近わかったことがある。

どうやら、父の目には、リオが非常にかわいく映るらしい。小柄な体、ぷくぷくした頬、ふわふわの髪。そんなリオの見た目は格別にかわいらしく、どんな後《うし》ろ盾《だて》がなくても男性に好まれると何度も口にしていた。

どれだけ親バカなのだろう。

たしかに、家族以外にも自分を「かわいい」と言ってくれる人はいた。しかし、それはリオが『カーディ商会の娘』だから――お世辞に過ぎないのである。

父親として、娘が好みの男性を追いかけることが気に入らない気持ちはわかる。

しかし、ここは舞踏会。出会いを見つける場である。

その上、父は今の今までリオのエスコートを忘れていたのだから、リオが一人でいる間に好みの男性を見つけても文句を言われる筋合いはない。

ムッとしたリオの顔を見て、男爵は渋々うなずいた。

「わかった、その人を探そう。だが、その前に陛下へ挨拶《あいさつ》に行かなくてはいけないな」

すぐに彼を探しにいけないのは残念だが、リオはおとなしく男爵の後をついて歩く。

国王陛下のもとへ向かいながら、男爵はリオに問いかけた。

「で、どの方だ？　ご挨拶《あいさつ》したい人っていうのは」

「お名前は知らないのよ。でも、さっき階段で転びそうになったところを助けてくださったの」

彼のことを思い出すだけで、リオの頬は熱くなる。体を支えてくれた彼の腕の感触が、まだ残っている気さえした。

「転びそうになったって……何をしとるんだ」

そのとき、顔をしかめてリオを振り返った男爵の先に、「彼」がいた。

「見つけた」

リオの口から、そんな言葉がこぼれ落ちる。彼女の声は震えていた。

一度、気を落ち着かせるために大きく息を吸って、男爵の腕を掴んだ。

「お父様。あの方が、王太子殿下のそばにいらっしゃるわ……！　背の高い、黒髪の男性よ！」

姿が見えたのは一瞬だったが、あんなに体が大きい男性は滅多にいない。

（こんなに早く見つけることができるだなんて！）

リオの感動をよそに、男爵は彼女の視線の先を見て、なぜか動きを止めてしまう。

男爵は、ゆっくりとリオに尋ねる。

「…………金髪、の男性じゃなくて？」

「金髪は王太子様でしょう？　知っているわ。王太子様の隣にいる、体の大きな黒髪の男性よ」

さすがに、リオでも王太子の顔くらい知っている。間違えるわけがない。

父親の言葉を不思議に思い、彼女は首をかしげる。

すると、男爵はめまいをこらえるようにこめかみを押さえて、彼が誰であるか教えてくれた。

「あの方は……アレクシオ・サンフラン公爵閣下だ。陛下の甥《おい》にして、王太子殿下の従兄弟《いとこ》。そして、国軍のトップである……長官様だ」


リオが生まれ育った、サンフラン王国。ここは建国三百年ほどの新しい国である。

この大陸は、サンフラン王国建国以前は荒れ地だった。多数の民族がいがみ合い、戦いを繰り返していたのだ。

人々は戦いに疲れていた。しかし、そうであったとしても、戦いをやめる術《すべ》を知らなかった。

ほかの民族より『先に武器を下ろす』決断をすることが、一番難しかったのだ。

そんな地に、伝説と呼ばれる出来事が起きた。

ある日、驚くほどの美男子がふらりと戦場に現れたのだ。

線が細く、決して強くはなかったその男性は、人々の話を真摯《しんし》に聞いた。そして、全ての人を愛した。

そんな優しい彼に荒《すさ》んだ心を癒《い》やされて、みなも彼を愛すようになった。

彼から寄せられる無条件の信頼に、みなが涙した。

――彼のおかげで、戦場に愛があふれたのだ。

彼は話し合いで戦《いくさ》を終わらせ、のちにサンフラン王国を建国。戦わず愛を説《と》いて国を創り上げた。

彼こそが、初代国王その人。彼には名がなく、人々はただ敬意を表して「サンフラン国王様」と呼んでいたと伝わっている。

彼は王国の名前だけを冠《かん》し、建国から三百年経った今も、国民に崇《あが》められていた。神格化されていると言ってもいい。

そんな初代国王は、細身の男性であったという。

この国において、初代国王の人気は絶大。

そのため、サンフラン王国では初代国王のような細い男性が好まれ、逆に、戦いを連想させる体格のいい男性は敬遠されるようになったのだ。それゆえ男性は細身の体型を保とうとし、筋肉がつくのを嫌がる傾向にある。

人によっては、コルセットを巻いてまで細さを強調させているらしい。

この価値観は建国以来変わらない。そのため、軍人は敬遠されがちだった。

軍人は、自然と筋肉のついた大きな体になる。国防上、必要不可欠だとは理解されていても、決して人気のある職業ではなかった。

サンフラン王国の軍事力は、そう強くない。初代国王の平和を愛する心を受け継いでいるため、隣国との友好関係を保つべく外交を進めているし、平和を守っていく方針でもある。

しかし、軍事力をすべて放棄するわけにもいかないのが実情だ。

いくらサンフラン王国が戦争を望まなくとも、相手が戦争前提の無茶な要求をしてきた際に、抵抗する術《すべ》を持たなくては国民を守れない。非常事態に陥《おちい》れば牙《きば》を剥《む》くと示すことも、一国の外交手段として必要だ。

誰かがやらなければならないが、誰もやりたがらない仕事。この国では、その最たるものが軍人なのだ。そこで軍人には高い給与と、恵まれた環境が整えられている。人気はないものの、生まれつき体格が大きい者が、志願者としてそこそこ集まるという状況だ。

そんな国軍を束ねるのが、王太子殿下の従兄弟《いとこ》、アレクシオ・サンフラン公爵。

サンフラン王国における三権力、「国王」「神殿」「国軍」の一翼《いちよく》を担《にな》う、権力者だ。

またサンフラン公爵家も由緒ある名家で、大きな力を持つ。公爵家の初代当主は、初代サンフラン国王の次男で、王の名を冠《かん》することを特別に許された。それ以来、公爵家は定期的に王族から妻を迎え、その力を維持してきた。

三十歳と若くして爵位を継ぎ、王国軍の長官という地位も持つアレクシオ。

彼は、結婚相手として申し分ない条件を兼《か》ね備えていた。

しかし彼の姿は、女性にとって恐怖の対象ともなり得る。彼の大きな体と強面《こわもて》の顔は、細い人間に慣れた貴族の子女にしてみれば、本能的な恐怖を感じてしまうほどのものなのだ。

そういうわけで、容姿以外はモテ要素満載《まんさい》なのに、アレクシオは女性から敬遠されていた。

加えて貴族令嬢の父親にとっても、アレクシオは娘の結婚相手として旨味《うまみ》の少ない相手である。

現サンフラン国王は実力主義者。甥《おい》のアレクシオの義父だからといって、扱いを変えたりしないだろう。

王族の縁戚《えんせき》として、ほかの貴族に対して大きな顔をできるようになるかもしれない。しかし、娘の結婚相手が、自分に甘い汁を吸わせてくれるわけではない。しかも娘は、結婚相手を泣いて嫌がるはず。

そんな嫁側にメリットのない結婚は成立しない。また、アレクシオ本人も積極的に結婚を望んでいないため、彼は独身を貫く結果となっていた。

とはいえ、公爵家の血を絶やすわけにはいかない。そこで多くの貴族は、アレクシオはいずれ、どこかの国の姫君か、サンフランの王族を娶《めと》ることになるだろうと考えていた。

アレクシオと王女殿下の縁談の噂が、このところ、まことしやかにささやかれている。しかし、気の弱い王女殿下が彼を恐れて、断り続けているとも言われていた。

男性の体が細いことが重視されるサンフラン王国では、女性もまた小柄な者が好まれる。

しかし女性はあまり細すぎても心配だ。なにせ、出産という激務が控えている。

そんなわけで、女性は小柄ながらも下半身のしっかりした体型が、理想とされているのである。

上半身は細い……つまり、胸がぺったんこな一方、ほどほどに肉付きがよく丸みを帯びた下半身。

それはリオの姿そのものである。

——リオは知らないが、サンフラン王国において、彼女は最も理想的な体型。丸い顔も大きな目も、美人の証《あかし》だ。そのためリオは、人々から『美しい娘』と見られていた。

だが、彼女が美しいと感じるのは、前世の世界で憧れていた、すらりとした背の高い女性。

切れ長で大きな目に、ぽってりとした唇、細いすっきりとした顔立ちが望ましい。

いくらリオが自分の理想を語っても、家族にはまったく理解されなかった。しかし彼女は自分の価値観——前世の記憶にもとづく感性を疑わずに、今日まで生きてきたのである。

リオは、アレクシオをじっと見つめてほっと息を吐く。一方、カーディクルソン男爵は、眉間にしわを寄せてこめかみを揉《も》みつつ、リオを見下ろした。

「リオはなぜ、こんな特殊な好みになったんだ」

これ見よがしに大きなため息をつきながらも、彼は国王への挨拶《あいさつ》が先だとリオを促《うなが》す。アレクシオや王太子のそばには、国王の姿もあった。

（特殊って、何が？）

リオは父に聞こうかと思ったが、彼の歩みが速いので尋ねることもできず、ただおとなしくついて行った。

二人が国王に近づくと、近くにいたアレクシオがちらりとこちらに視線を寄越す。そして状況を察して、そっと国王から離れた。

リオは思わず、「あっ」と声を漏《も》らしてしまった。

そんなリオをまったく気にせずに、男爵は国王の御前につく。

「陛下。カーディクルソン、御前にまいりましてございます。本日は我が娘のデビューで、ご挨拶《あいさつ》をさせていただきたく存じます」

「おお、カーディクルソン。ついに末っ子もデビューか。また麗《うるわ》しい娘だ」

国王からお褒《ほ》めの言葉を受け、リオは父から一歩下がった場所で礼をとる。

男爵が国王と挨拶《あいさつ》を交わす間、おとなしく待つリオ。しかし心の中では、「早く終わって」とひたすら繰り返していた。

「それでは、失礼いたします」

男爵が暇《いとま》の挨拶《あいさつ》を口にすると、国王は鷹揚《おうよう》にうなずく。そしてすぐに、ほかの貴族に話しかけられた。

男爵とともに彼から離れ、リオはあたりを見渡す。

（あれ……？　さっきまでそこにいらっしゃったのに！）

リオが焦ってキョロキョロすると、男爵に素早く頭をはたかれた。

「みっともないだろう。それより、リオ、あの方でいいのか？」

男爵は、国王から一定の距離を保って控えるアレクシオを示した。リオは彼に視線を向け、大きくうなずく。

「ええ！　そうよ、お父様！」

リオは弾むような声で答えた。

「第一印象が肝心だぞ」

男爵は娘を諭《さと》し、ゆっくりとアレクシオの方へ歩を向ける。リオは逸《はや》る気持ちを落ち着かせながらあとに続いた。

父娘《おやこ》がアレクシオの前まで行くと、彼は少し驚いた顔をする。

（ステキ……）

自分の好みど真ん中の彼に、リオはうっとりとした。

彼は不思議そうな表情で自分を見ている。けれど、彼の視界に入っているというだけで、リオは胸の高鳴りを抑えられなかった。

艶《つや》やかな黒髪と太い眉。意志の強そうな切れ長の瞳。肌は健康的な小麦色で、見上げるほどの背の高さと、筋肉がついたたくましい腕。

小柄なリオなど、すっぽりと包んでしまうに違いない。

(私の腕を彼の体に回しても、背中まで届くかしら……いやだ、私ったら、何考えてるの！　ああ、でも、もしもこの方から『君を愛してる』なんて、甘い言葉をささやかれたら、どんな気分かしら……だめだめ、そんなこと考えたら顔に出ちゃう！)

リオの脳内は大盛り上がりだ。

とそのとき、リオはハッと我に返って顔を伏せる。

しまった。第一印象が肝心だと言われたばかりなのに、ぼんやりしていた。というか、妄想を大爆発させていた。

そんなリオにかまわず、男爵はさっさと挨拶《あいさつ》をはじめる。

「閣下、カーディクルソンと申します。階段で娘を助けてくださったとのこと、ありがとうございました」

「――ああ、なるほど。先ほどの娘か。何事もないようでよかった」

アレクシオは男爵が娘を連れてきた意図がわかったのか、納得したみたいにうなずいた。

耳に響く彼の低い声に、リオの胸がきゅんと高鳴る。

（声もステキ………！　彼に耳元でささやかれたら、それだけで腰が砕けちゃいそう）

リオが胸を押さえていると、父から挨拶《あいさつ》を促《うなが》された。リオはアレクシオを見上げ、そっと笑みを浮かべる。

「リオディーニ・カーディクルソンでございます。先ほどは助けていただき、ありがとうございました」

「いや、かまわない。しかし、次からは気をつけられよ」

「はい」

リオは、頬がさらに熱くなるのを感じながらうなずく。

そんな様子を、男爵は渋い顔で見守った。

一人だけで王城の階段を上るなど、もうしないでほしい。父としてさすがに恥ずかしい――口には出さないが、男爵はそんな思いを強く抱いているようだ。

もっとも口にしたとしても、リオは黙殺するに違いないが。

男爵はリオを示し、もう一度アレクシオに頭を下げる。

「娘は、本日デビューでございまして、公爵閣下に是非、娘の初めてのダンスのお相手をお願いできないかと思っております」

リオの緊張が一気に高まった。

「私がか？　しかし……」

アレクシオは迷うように視線を動かし、自分を見上げていたリオを捉《とら》える。

彼は明らかに困っている。ただそれは、身分差があるにもかかわらずダンスを申し込んできた男爵を見下すものではなかった。

「是非、お願いいたします」

眉を寄せるアレクシオに、男爵は再度頼んだ。合わせて、リオも頭を下げる。

強引にお願いするのはよくない。そうわかっていても、リオは一度だけでもダンスを踊ってほしかった。

一目惚《ひとめぼ》れした相手が公爵閣下だなんて。しかも、国軍のトップ。国の有力者だ。

対する自分は男爵令嬢。ダンスをお願いできるチャンスなど二度とないかもしれない。

助けてもらい、話をする機会を得た。さらに、リオは今日がデビュタントだ。

これらの偶然が重なったからこそ、ダンスのお相手を願い出ることができたのである。

リオは唇を噛《か》み、重ねて『一度だけでもいいから！』と口走りそうになるのをこらえた。

「あまり踊ったことがないので、デビュタントの相手としてふさわしくないと思うが――」

断りの口上を聞き、リオの顔がゆがむ。表情を繕《つくろ》うことなど、今のリオには無理だった。

リオの表情を見たアレクシオは、慌てたようにひざを折る。

「――私でよければ、一曲お相手願えますか？」

差し出された大きな手が、リオの目の前で止まった。

泣き落としでダンスの相手をしてもらうなんて、情けない。それでも、彼女は喜びを隠せなかった。

「はい！」

リオは思わず、元気よく返事をしてしまい、貴族令嬢としてふさわしくなかったと慌てた。

そんなリオに、アレクシオは目を丸くする。しかしすぐ、楽しそうにふわりと笑う。

彼は近くにいた軍人に、国王陛下の警護を命じた。

そしてリオの小さな手をすくい上げるように持ち、深くお辞儀をする。

リオがお辞儀を返すと、彼はそのまま手を引き、ホールの中心へと歩き出した。

ダンススペースで向かい合ったアレクシオは、リオよりずっと大きい。腰にそっと腕を回されると一層彼のたくましさを感じてしまい、リオの顔がまた熱くなる。

片手をアレクシオに握《にぎ》られて、もう片方は彼の胸に添えた。

（なんてたくましいの……）

彼を見上げると、ぎこちなく笑みを浮かべていた。

リオを包みこめるほど、大きな人。優しい笑顔で、壊れものを扱うようにそうっと触れてくれる。

リオの理想そのものだ。ずっと夢に見ていたワンシーンが、目の前で繰り広げられている。

憧れの恋愛物語の主人公になった気分で、リオはうっとりした。

そんなリオの顔をアレクシオはのぞきこみ、不思議そうな表情を浮かべる。

音楽がはじまっているのに、リオがなかなか動かなかったのだ。

「リオディーニ嬢？」

アレクシオの問いかけに、リオの体がぴくんと跳ねた。

リオはハッと状況に気づき、慌ててステップを踏んだ。

リオに合わせ、アレクシオも体を動かしはじめる。

ダンス中、彼に特別なことをされているわけではないのに、リオはドキドキしてすぐにぼーっとしてしまった。

ターンするとき、腰に回された彼の腕に力が入り、ぎゅっと抱き寄せられたような気分になる。

それだけでリオは幸せで、笑みをこぼした。

ところがリオは、夢見心地のまま踊れるほどダンスが上手ではなかった。ただでさえ下手《へた》なステップで、足がもつれてしまう。

（――まずい、転ぶ！　アレクシオ様に、恥をかかせちゃう……！）

その瞬間、ふわりとリオの体が浮き上がった。腰に添えられた腕に支えられ、一度浮いた足がまた床に着く。

それは一瞬の出来事。もし今の様子を見ていた人がいたとしても、リオが軽やかに舞い上がったようにしか見えなかっただろう。

リオは恥ずかしすぎて涙がにじんだ瞳で、アレクシオを見上げた。

「あ、ありがとうございます」

「あなたは、よく転ぶな」

そう言ったアレクシオの瞳は優しく、笑みをたたえていた。その笑顔に見とれ、リオはすぐにまた足をもつれさせる。

「大丈夫か？」

心配そうに聞かれ、リオはうなずくことしかできない。

それから何度も足をもつれさせ、一曲が終わる頃、リオはへろへろになっていた。

「リオディーニ嬢、少し休もう。あちらまで歩けるか？」

なんとか締めのお辞儀をしたが、リオの顔は階段を上った後より火照《ほて》り、足はがくがく震えている。

アレクシオはそんな彼女を心配し、手を引いてホールのすみへ向かった。

思いがけず、もう少し一緒にいてもらえそうだと、リオは胸をときめかせる。

ダンスが下手《へた》くそなのは恥ずかしいが、怪我の功名というのだろうか。後で、父に報告しなければ！

そう思いつつ、リオはアレクシオについて行く。その間も彼に手を引かれ、腰に腕を回されたままだ。

連れていかれたのは、ホールとつながるテラス。ゆったりと広いスペースには数脚の椅子が置かれ、休憩に使えるようになっていた。

リオを椅子に座らせると、アレクシオは優しく聞いてくれる。

「何か飲みものは？」

「ありがとうございます。でも、何もいりません。……あの、お座りになりませんか？」

彼が立ち去ってしまうのではと思い、リオは椅子をすすめた。

もっと、お話がしたい。彼と会えるのは、きっと今宵《こよい》限り。うたかたの逢瀬《おうせ》だ。

いや、逢瀬《おうせ》とも呼べまい。彼はリオを気遣《きづか》い、しばし付き合ってくれているだけなのだから。

リオの誘いに、アレクシオは少し困ったような顔をする。そして彼は「水だけでも」と言って、ホールに戻っていった。

(……困らせちゃった。彼は優しいからここまで連れてきてくださったけれど、やっぱり、私みたいなちんちくりんの相手はしたくないわよね。ダンスも下手《へた》だし、挙動不審《きょどうふしん》だっただろうし)

理解はできるが、悲しくなる。

彼はリオにとって、この世界で初めて胸がときめいた相手なのだ。その上、触れられただけでこんなに心地よく、幸せを感じられるなんて。

アレクシオの姿を思い浮かべて夢見心地になる自分は、おかしいのだろうか。

「はあ……」

脳裏に浮かんだ彼の麗《うるわ》しい姿に、リオの口からため息が漏《も》れる。

あんなに理想通りの方がこの世に存在するなんて、奇跡だ。

(なんて素敵な方なの、アレクシオ様……)

リオがうっとりしながら、彼と恋人同士になる妄想を繰り広げていると——

「リオディーニ嬢。水をどうぞ?」

「ひゃあ!」

本物のアレクシオに声をかけられて、リオはビクンと椅子から跳ね上がった。

するとアレクシオが差し出してくれたグラスに手が当たり、彼の胸元に水がかかってしまう。

「ごっ……、ごめんなさい！　ああ、私ったら、なんてことを」

驚いて動きを止めたアレクシオだったが、慌てて立ち上がろうとするリオを手で制する。そして、安心させるように柔らかく笑みを浮かべた。

「気になさらずに。私の方が驚かせてしまい、すまなかった。……体は大丈夫かな？」

「はい……っ」

彼は悪くない。リオは脳内妄想をフル稼働させていたせいで驚いたのだ。

こちらを気遣《きづか》ってくれる彼の優しさに、涙が出るほど感動してしまう。

今度は涙をにじませるリオを見て、よっぽど体調が悪いと思ったのだろう。アレクシオは彼女の肩にそっと触れて言った。

「リオディーニ嬢？　顔が真っ赤だ。涙まで浮かべて……熱があるのかもしれない。やはり少し休んだ方がいい。別室に行こう。こちらへ」

実際には興奮しているだけで、休む必要などないほど元気だ。

しかし、アレクシオが連れていってくれるようなので、おとなしくついて行くことにする。

普段のリオなら男性と別室になど行かないところだが、今日は特別だ。アレクシオとは、話すことはもちろん、近くで顔を見る機会さえ二度とないかもしれない。だから、もっと一緒にいたかったのだ。

彼に連れていかれたのは、舞踏会会場とほど近い部屋。どうやら客室のようだった。

「舞踏会では、たまに飲みすぎる方がいらっしゃってね。その方のために準備している部屋だから、気兼ねせずにゆっくり休憩するといい。お父上には、君がここにいることを伝えておこう。それでは……」

アレクシオは、リオをソファーに誘導してすぐに立ち去ろうとする。離れていく彼の腕を、リオは咄嗟《とっさ》に捕まえた。

「閣下のお洋服が……！」

「服？」

リオの言葉で、アレクシオは自分の胸元を見る。どうやら忘れていたらしく、濡《ぬ》れていることを確認すると、「ああ」となんでもなさそうにつぶやいた。

「すぐに乾くよ。心配しなくていい。では」

「でもっ……！」

どうして急いで立ち去ろうとするのだろう。

彼は、すぐにでもこの部屋を出ていきたがっているように感じた。

(せっかく、ゆっくりお話しできると思ったのに！)

自分勝手な思いを叫びそうになって、リオは慌てて口を閉じる。

アレクシオはリオを心配してこの部屋まで連れてきてくれたのだ。忙しい彼を無理に引き止める権利などない。

リオは、自分の身勝手さが情けなくて、泣き出しそうだった。

「あなたは休むべきだ。ただ、この部屋に私と二人きりでいるのは、よくない。私に襲《おそ》われてしまうよ？」

彼は冗談っぽく笑いながら、リオの耳元でささやく。

その声に、リオの体と心はとろけてしまった。

思わずアレクシオの手を握《にぎ》りしめ、見上げる。もっと一緒にいたい、近くにいたいと、思いをこめて。

そんなリオに、アレクシオは目を瞠《みは》った。

彼の表情に気づいたリオは、自分の取った行動が恥ずかしいことだと自覚し、いたたまれなくなる。慌てて、彼の手を離した。

「ごめんなさい」

消え入るような声で謝罪し、リオは両手で顔を覆《おお》う。

彼はきっと、冗談で言ったに違いない。

それなのにこんな反応をされて、どう思っただろう。はしたない娘だと軽蔑《けいべつ》されたかもしれない。

彼の戸惑う気配に、リオは耐えられなくなる。

リオが手を顔から離してそっと視線を上げると、彼は彼女を見つめていた。

そのまっすぐな瞳にこめられた感情は、リオには上手《うま》く読み取れない。

「公爵閣下」

呼びかけると、アレクシオはリオの隣に座り、ゆっくりと顔を近づけてくる。頬に手を添えられて、親指で軽く唇を押された。

「リオディーニ嬢。アレクシオと」

リオの胸の奥まで揺さぶるような声で、アレクシオがささやく。唇が触れる直前で、彼の顔は止まった。

真っ黒なアレクシオの瞳に、懇願するような表情のリオが映る。

「アレクシオ様……」

ドキドキしすぎて胸が苦しくなりながら、リオはやっとの思いで彼の名前を口にした。言い終わると同時に、その声は彼の唇に吸いこまれていく。

初めての口づけは、軽く触れただけですぐに離れてしまった。

リオは驚きすぎて、何がどうなっているのか、よくわからない。

(今、キス、された……?)

唇は離れたものの、彼はまだ、少し近づいただけでもう一度触れてしまう距離にいる。

リオは、彼を呆然と見返した。

状況が掴めずに困惑している。しかし、離れたいとも逃げたいとも思わなかった。

そんなリオを見て、アレクシオは軽く笑う。そして、もう一度唇が合わさった。

啄《ついば》むようなキスが何度か続き、時々、彼はリオの唇を舐《な》めて潤《うるお》した。

柔らかくて優しい感触に戸惑いながらも、されるがままでいると、アレクシオの大きな手が優しく彼女の肩を撫《な》でた。

もしかすると、このまま彼は離れていってしまうかもしれない——リオは思わず彼の腕を掴んだ。

その途端、口づけが深くなる。リオの口から、あられもない声が漏《も》れた。

「ん、んん……ぁっ」

口が少し離れた合間になんとか呼吸をするものの、息遣《いきづか》いが荒くなる。そんなことが、リオはとても恥ずかしい。

リオの頬に添えられていたアレクシオの手が頭に移り、彼の舌がより深く彼女の口内に伸びる。

歯列に沿って、口の中の形を確かめるみたいに動く彼の舌。熱に浮かされながら、リオはアレクシオの舌を捕まえてみようと、舌を伸ばした。

けれど、彼の舌はくるくると動きまわりリオを翻弄《ほんろう》する。

リオがアレクシオの舌を追いかければ追いかけるほど、くちゅくちゅっと濡《ぬ》れた音が大きくなっていく。その音に煽《あお》られて、リオは思わず彼の舌に少しだけ歯を立てた。

「はぁ……っん、も、そんなにしては、いやです」

噛《か》まれた舌を引っこめたアレクシオに抗議する。彼はさっきまでの柔らかな微笑とは違い、ニヤリと強気な笑みを浮かべる。そして今度は唇ではなく、リオの首筋に唇を落としてきた。

「ふぁあっ……ん」

濡《ぬ》れた感触がして、大きな声を出してしまう。

部屋の外に声が漏《も》れただろうかと、リオは咄嗟《とっさ》に口を両手でふさぐ。

すると次は、ドレスの上から、大きな手に胸を柔らかく包まれた。

「なんてかわいらしい」

円を描くように小さな胸を揉《も》まれて、どうしようもなく恥ずかしい。

リオの体はどんどん熱くなり、胸の先端はとがってきてしまう。

彼はドレスの背中のひもを緩めた。肩ひものないドレスは、背中のひもを少し緩めただけで、アレクシオの手を招き入れる隙間ができる。その隙間に指を入れ、アレクシオはぐいっと勢いよくドレスを引き下ろした。

「えっ……ひゃあ、んっ、あぁ……っ！」

リオがびっくりして上げた声は、彼の手が直に胸に触れると、あっという間に嬌声《きょうせい》に変わる。

ふるんと飛び出た胸は、リオが身をよじるたびにぷるぷると揺れた。

アレクシオは胸の頂《いただき》をぴんと指ではじいてから、それをいたぶるように押しこんだり引っ張ったりを繰り返す。

「なんて柔らかいんだ。私の手に吸いついてくるようだよ」

リオの胸は大きな手にすっぽりと包まれて、アレクシオによって好き勝手に形を変えられた。

アレクシオから与えられる刺激に翻弄《ほんろう》されて、リオの体は触られていないところまで、じんじんと熱を持ってくる。

「あっ、あっ、アレクシオ様ぁ……っ！　何か、ぁっ、へん、変ですっ」

リオは縋《すが》りつくようにアレクシオの首に腕を回した。

「……リオ、かわいいよ」

アレクシオに愛称を呼ばれ、今まで以上に快感が膨《ふく》れ上がる。あまりの心地よさに、リオは腕に必死に力を入れて彼の首に縋《すが》りついた。

「アレクシオ様、……んぁっ……アレクシオさまぁっ」

アレクシオの太い指に、硬くなった頂《いただき》をつままれる。そこで生まれた快感は、胸だけでなく全身に波及した。

まるで、自分の体がおかしくなってしまったみたいだ。リオは助けを求めるように、何度もアレクシオを呼ぶ。

「はぁんっ……アレクシオさま……！」

「リオ……」

切ない声で呼ばれて、リオは彼を見上げる。すると、涙がにじんだ視界に、苦しげなアレクシオが映った。

「ん、んぁぅ」

どうしたのだろう。不思議に思ってもう一度呼びかけようとすれば、またも唇を重ねられる。存在を確かめるように、角度を変えて何度も何度も甘いキスを与えられた。

リオはもう、唇が離れたときだけでは呼吸が追いつかない。

アレクシオの肩を叩き、息を大きく吸いこむ時間をもらう。

はふはふと必死に息をするリオを見て、彼はくすっと笑い声を漏《も》らした。そしてそのまま、頭の位置を下に落としていく。

「はっ……あぁあん！」

アレクシオはリオの唇ではなく、胸にキスを落とすことにしたらしい。指でいじられ続けた頂《いただき》を口に含まれて、リオは大きな声を上げた。

ちゅぱっと音がした方を見ると、アレクシオがリオを見上げている。彼は一度頂《いただき》から唇を離し、リオに見せつけるようにそこへ舌を伸ばしてから、ぺろっとひと舐《な》めした。

「うん……っ」

リオは恥ずかしくて仕方がないのに、自分の胸を舐《な》めるアレクシオから目が離せない。ぺろぺろと何度か胸を舐《な》められているうちに、リオはもどかしさで体を揺らす。

（……もっと。もっとして）

はしたない欲望が口から出そうになり、リオは慌てて息を呑んだ。なんてことを言おうとしたのだろう。頭の中に浮かんだ言葉だけで、顔から火を噴きそうになる。

アレクシオは、狼狽《ろうばい》するリオを見て満足げに微笑み、さらに強く彼女の胸にかぶりついた。

「ふああぁんっ」

体がばねみたいに跳ねて、リオの体に電気に似たしびれがびりびりと走り抜ける。

助けを求めて手を伸ばせば、アレクシオはその手を握《にぎ》りしめ、大きく一度、息を吐いた。

彼はリオの目元にキスを落として、リオの腕を自分の首に回す。

リオはふわふわとした心地のまま、彼の厚い胸板にぎゅっと抱きついた。服の上からでもたくましさがはっきりとわかる体に、リオはうっとりと頬を寄せる。

彼の腕もリオの背中に回り、彼女が縋《すが》りついたとき以上に力強く抱き返された。そして、頭の上にキスをされる。

(……本物の恋人同士みたい)

リオが彼を見上げると、優しい笑みとともに唇が降ってきた。軽く重なり、離れるときにちゅっと小さく音がした。

さっきまでの強い快感を与えるものとは違う、ゆっくりと背中を撫《な》でる手つきに安心して、リオの体から力が抜ける。

「アレクシオさま……」

初めての感覚に、未だに頭がふわふわして、リオの思考がまとまらない。

もっとしてほしい。けれど、ただ抱きしめられているこの状況も、とても幸せだ。

ぎゅうっと腕に力を入れてアレクシオに抱きつくと、なだめるように背中を叩かれた。

「眠いのか……？　……だろう？」

アレクシオが何か話している気がするけれど、よく聞こえない。体から力が抜けて、ソファーに沈む感触がする。

(いいえ。眠くなんてありません。もっとお話がしたいんです)

そんな言葉を口にできないでいると、頬や瞼《まぶた》、唇に、彼の唇の感触がした。

(ああ、嬉しい。なんて素敵な方なの。もっと、もっと近くで感じたい。……なんだろう。せっかくお話ができるのに、こんなにぼんやりしてしまうなんて。もったいない。早く起きなきゃ。……起きなきゃ……）

しかし残念ながら、リオは急激な睡魔に負けてしまったのだった。

リオが目を覚ましたとき、目の前には渋い顔をしたカーディクルソン男爵がいた。

「お前は……緊張しすぎたからと言って、寝るか？　閣下に迎えにきてほしいと言われて、本当にびっくりした。さすがに父は恥ずかしいよ」

「……ありゃ、お父様？」

「いきなり残念そうな顔をするな。まったく……帰るぞ」

父はわざとらしく大きなため息をつきながら、リオを促《うなが》す。

ソファーから立ち上がったリオは、ふと自分の体を確かめる。ドレスは整っていて、どこもおかしなところはない。夢でも見ていた気分だった。

「……あの、閣下は……？」

リオに背を向けた男爵は、挙動不審《きょどうふしん》な娘の様子には気がつかない。いつもの調子で返事を返した。

「閣下は忙しい方なんだよ。会場に戻られた」

リオがこっそりドレスの胸元をのぞくと、胸に赤い痕《あと》が残っていた。さっきアレクシオに胸を触られたりかじられたりした気がする。彼との時間は夢ではなかったのだろう。

リオがそんなことを考えていると、男爵はあきれ顔で言う。

「……なんだ、顔を真っ赤にして。今更恥《いまさら》ずかしがっても遅いぞ。舞踏会の途中で寝るなんて、聞いたことがないよ。閣下に迷惑をかけたんだ。直接謝りたいところだろうが、謝罪は私がしておいた。もう帰るぞ」

娘の恥を勘違いする父親に、リオは何も言えない。さらにリオは、さっきまでの出来事を一気に思い出して、また体温が上がった気がした。

（いくら好みのど真ん中で、一目惚《ひとめぼ》れしたからって、初対面の男性とキスをするだなんて……！しかも、胸を触られてしまった……!?）

自分がどんな状態だったのかは、曖昧《あいまい》でよく覚えていない。だけど、リオは彼に抵抗しなかった気がする。抵抗するどころか、喜んで彼の手を受け入れたはずだ。

――はしたないと思われただろうか。簡単に唇を許すなんて、軽い女だと思われてしまった？

リオは、アレクシオにどう思われたのかが気になって、身悶《みもだ》えした。

男爵は、そんなリオに首をかしげる。でも、男爵にとってリオがおかしいのはいつものこと。変な動きをする娘にはかまわず、男爵は侍従を呼んで帰りの準備を申しつけた。

二

王城の舞踏会から一週間、アレクシオ・サンフラン公爵は悩んでいた。

――どうしようもないほど、悩んでいた。

その原因は、舞踏会でダンスを踊った男爵令嬢リオにある。彼女のことが頭から離れないのだ。軍の訓練をしているときも、軍部長官として会議に出ているときも――今だって、本当は公爵領の雑多な業務を終えてしまわなければならないというのに、ふとした瞬間にリオの顔が頭に浮かび、手が止まってしまう。

久々に自宅の執務室で書類を整理する時間が取れたのだ。作業を進めることができれば後が楽だとわかっているのに、作業は遅々《ちち》として進まない。まったく集中できないのだ。

これではいけないと思った瞬間、窓から吹きこんだ風が彼に甘い香りを届ける。またも、アレクシオの頭に、リオの顔が思い浮かんでしまった。

――舞踏会当日、アレクシオは警備確認のために少し遅れて会場に入ろうとした。そのとき目にしたのが、きれいなドレスを持ち上げ、一人で階段を上るリオの後ろ姿だった。

長い階段をエスコートなしで上っていく様子は、マナーにうるさい者に、はしたないと眉をひそめられるものだろう。しかし、小さな彼女がふわふわした茶色い髪を揺らしながら、一心に階段を上っていく様子は、アレクシオにとっては愛らしく、好感が持てるものだった。

きっと、一人でも階段を上らなければならない理由があるのだろう。長すぎる階段に文句を言いながらぷりぷり怒っていて、アレクシオはその様子に興味をそそられた。

そんな彼女の父にダンスの相手をして欲しいと申し込まれたものの、デビュタントを飾る最初の相手として自分は相応《ふさわ》しくないと、アレクシオは渋った。自分の大きな体格や強面《こわもて》は、女性にとって恐ろしいものだと知っている。なにしろ、「野獣」と揶揄《やゆ》されるほどだ。

階段で助けたことに恩義を感じての申し出だろうけれど、この小さな愛らしい女性は自分におびえているに違いない。

彼女にとって大切なデビュタントだからと断ろうとしたところ、リオが悲しそうな表情を浮かべた。その顔を見て慌てて了承の意を伝えると、彼女は花がほころぶように笑ったのだ。

「はい！」

彼女の声は、誘いの返事としては元気のよすぎるもので、アレクシオは驚いた。

ダンスをしているとき、何度か足をもつれさせた彼女。そのたびに支えれば、顔を赤くして「ありがとうございます」と言っていた。

アレクシオが「よく転ぶ」と冗談まじりに口にすると、彼女は恥ずかしげに微笑んだ。

ピンクに染まった頬に潤《うる》んだ瞳。彼女はどこか嬉しそうな表情で、小さな体を自分に預けてきた。

アレクシオにとって、令嬢にこんな態度を取られることは、初めての経験だった。

大抵は、おびえられて終わりだ。

遊び慣れた女性はもの珍しがって寄ってきたが……

細い手に小さな唇、腰の柔らかな感触に、理性を突き崩されそうになる。

ダンスが終わり、息を乱した彼女の愛らしさはアレクシオの平常心を揺るがすのに充分で——

彼女から離れようと思ったのだが、リオの気分が悪そうだったので別室に連れていった。

そこに下心などなかったはずなのに……自分があんなことをするなんて、信じられない。

小さな体と柔らかな唇に、アレクシオの理性は簡単に吹き飛んでしまったのだ——

「くっ……！」

彼女の姿を思い出した瞬間、アレクシオは体温が急に上がった気がした。しかも己が反応してしまい、彼は顔をしかめる。

「欲求不満ですか」

アレクシオの執務室を訪れた家令シオラスは、あきれた声で主人に聞いた。

「うるさいぞ、シオ。悩んでいるんだ」

「悶《もだ》えている、の間違いでしょう。侍従がおびえるのでやめてください」

そんなことを言われても、やめられるものなら、やめている。

一度ダンスしただけの令嬢の感触を思い出しているなんて、情けない。

——リオはきっと、キスさえ初めてだった。

リオはおそらく、十八歳。デビュタントで、一回りも年の離れた醜《みにく》い男に唇を奪われたなんて、泣いているかもしれない。

あんなことをせず、きちんと諭《さと》せばよかった。密室で男と二人きりになるだなんて軽はずみなことをしてはいけない、と。

いろいろと反省しつつ、アレクシオは息を吐いた。彼女に触れられたことを喜ぶ自分もいて、複雑な気分だ。

もしも責任を取らせてもらえるなら、こちらからお願いしたいくらいだ。一方で、嫌がられたらどうしようとおびえる自分に、アレクシオはあきれまじりのため息をつく。

アレクシオは思わず、リオのことを家令に話した。もっとも、口づけをしたことなどは伏せたのだが。

「旦那様を見て、おびえるどころか頬を染める令嬢なんて……。まあ、貴重というか、存在そのものが奇跡ですよね」

本当にそんな令嬢がいたんですか？　見間違いじゃないんですか？

そう言いたげな家令を、アレクシオは睨《にら》みつけた。

「うるさい。話すんじゃなかった――それで、用件はなんだ」

「旦那様宛のお手紙を預かってまいりました」

「手紙？」

ただの手紙なら、彼の部下の侍女に言いつければいい。しかし、そうしなかったのだから、重要な内容だと考えられる。

国王陛下からか、隣国に置いた間者からか……

「内容は？」

「結婚の申し込みです」

政治的、軍事的な内容を予想していたアレクシオは、予想の斜め上を行く言葉に固まった。

「カーディクルソン男爵から、縁談の申し入れです。末娘リオディーニ・カーディクルソン嬢を娶《めと》ってはもらえないかと」

◇

「リオ。公爵閣下から、返事が来たぞ」

リオが自宅の居間でお茶をしていたところ、父からそう声をかけられた。

公爵閣下という言葉を聞き、ドキッとする。一週間ほど前に味わった恋の思い出に、緊張しながら返事をした。

「なんの？」

「結婚の申し込みをしたんだが、その返事だ」

「へえ、けっこ……んんん!?」

驚きすぎて、持っていたティーカップを落としそうになってしまった。

結婚だなんて、そんなの、初耳だ！

「いつそんな申し込みを⁉」

格下の男爵家が公爵閣下へ結婚を申し込むなど、失礼に当たらないのだろうか。

公爵閣下――アレクシオはとってもステキな方だけれど、公爵位を持つ上に軍部長官。男爵令嬢のリオの手が届く方ではない。

（あれほど優れた容姿を持ち、地位もあって、優しく、女性に慣れていらっしゃるんだから……。アレクシオ様は女性に不自由などしていないわ。それこそ、美女を選び放題……）

リオのようなつるぺたちびなど、遊び相手にも、選ぶことはないだろう。

先日の出来事は、リオの「おねだり」の結果だ。涙を浮かべた女性に恥をかかせてはいけないと、彼は仕方なく相手をしてくれたに違いない。

それがどうして、結婚の申し込みなど――

しかし父は、リオの心中など知らずに胸を張る。

「父の功績を馬鹿にしてはいかんよ」

功績とは、つまりカーディ商会のことだろう。今やサンフラン王国の経済を牛耳《ぎゅうじ》るようになったカーディ商会は、公爵にとっても、そう簡単に無視できる相手ではない。

ドヤ顔をする父の手元には、公爵家の印が押された手紙がある。リオはそれをのぞきこもうとした。

慌ててティーカップを置いたせいで、ソーサーに紅茶がこぼれてしまったが、今はそんなことにかまっていられない。

「こら、はしたない」

「お返事はどうだったの!?」

必死に問いかけるリオに、男爵はわざとらしく手紙を持つ手をひらひらと振った。

『聞きたいか？　教えよっかな~どうしよっかな~』というやりとりをしたいのだろう。リオが幼い頃によくされた、意地悪な対応だ。しかしそれにはかまわず答えを急《せ》かすリオに、男爵は口をとがらせてため息をついた。

「是非、リオを花嫁として迎え入れたいとのことだ。一年ほどの婚約期間を経て、結婚式……うえっ」

「……っありがとう、お父様！　大好き大好き大好きよ！　嬉しいっっ！」

リオは勢いをつけて、父に抱きついた。首が絞《し》まったようで、男爵の苦しげな声が聞こえる。

嬉しいと繰り返すリオは、涙声だ。

舞踏会で恋をしたアレクシオのことを、リオはあきらめようとしていた。アレクシオの身分を聞いた瞬間から、自分では釣り合わないと言い聞かせていたのだ。

そんなリオのために、父は動いたのである。

簡単そうに言ってはいるが、公爵家に男爵家が結婚を申し込むのである。リオには想像の及ばない苦労をかけただろう。感謝しかない。

「幸せになりなさい」

父親の肩に顔を埋めて泣き出してしまったリオの背中を、男爵は優しくさする。

リオはこくこくと、何度もうなずく。涙声で、もう一度「ありがとう」とつぶやいた。

男爵は、嬉しそうに笑う。

その後、「公爵家と縁戚《えんせき》関係か～。人脈広がって、うはうはだな。忙しくなるぞ」という余計な台詞《せりふ》を聞くまでは、感動的な親子の抱擁《ほうよう》であった。


アレクシオから返事が届いた次の日。

公爵との結婚が決まって倒れるほど驚いたのは、男爵夫人、つまりリオの母だ。

「どうして⁉　あなた、人脈のために、娘を売ったわね⁉」

「違う違う！　リオが公爵に一目惚《ひとめぼ》れしたからっ……うううぅ」

「そんなわけないいじゃないいぃ～～‼」

男爵夫人は、怒りにまかせて夫の首元を締め上げる。

この国の価値観では、リオはかわいさを極めている。母は、娘の暴走気味な性格をよく知っていたけれど、容姿さえかわいければ、よいお相手を見つけられるのではと思っていたのだ。素敵な貴公子を連れてきてくれる、と。

「なのにどうして、サンフラン公爵なのよぉ！　この際、王太子だってよかったのに～！」

居間で繰り広げられる光景の近くで、三人の女性がゆったりと紅茶を飲みながら談笑する。カーディクルソン男爵家長女のステア、二女のフィリア、三女のナリアだ。

「すごく不敬なことを叫んでるわ。お母様ったら」

「助けないと、お父様、死んじゃわない？」

「大丈夫よ。お母様の力なら、気絶くらいですむんじゃない？」

すでに嫁《とつ》いだ姉三人と、商会を継ぐために勉強中の兄が、妹の婚約の知らせを聞いて屋敷に集まったのである。

リオのデビュタントから、まだ二週間も経っていない。早くも婚約相手が決まったことで、「リオってば、男性の心を捕らえるのが上手なのね」と、姉たちからお褒《ほ》めの言葉をもらっていた。

「お母様はどうして怒っていらっしゃるのかしら？」

リオは首をかしげる。

公爵なのだから、地位は申し分ない。男爵令嬢が結婚できる相手としては、最上級ではないだろうか。

リオの質問に、ナリアが答える。

「まあ……ちょっと、怖い方ではあるでしょう？」

(怖い？　……素敵すぎて？)

ナリアの言葉をそう解釈すれば理解できるけれど、母の様子だと違う気がする。

「年が離れすぎているからかしら？」

リオは十八歳で、アレクシオは三十歳だ。十二歳も離れていることになる。

けれど、貴族同士の結婚で一回りの年の差など、珍しくないではないか。

「そうではなくて……外見が、あまり好ましくないというか……」

フィリアが言いにくそうに発した言葉に、リオはぽかんと口を開けた。

「え、あんなに素敵なのに？」

大真面目に言うリオを、兄姉《きょうだい》が驚いた表情で見たとき――

「産まれたばかりの孫が私より大きかったら、どうするつもりなのよ～～～！」

母の泣き声が屋敷中に響き渡った。

子どもたちは、そんなわけないだろうと、母にあきれた視線を向ける。

異様な光景の中、リオは相好《そうごう》を崩し、にやけた顔を隠すことができない。

「やだ、孫って、私とアレクシオ様の子ども？　そんな。でも、だって、うふふふ」

両手を頬に当てて顔を赤くし、照れて体をくねらせるリオ。

兄姉《きょうだい》は、残念な子を見る目で妹を眺めた。

しばらくお茶を飲むなり菓子を食べるなりしていた兄姉《きょうだい》だったが、ステアは意を決したように、リオに聞く。

「え……っと、リオは、妥協とかまったくなく、公爵閣下が好きだということ……な、の？」

お金や権力目当てじゃなく？　と、重ねて尋ねてくる姉たちに、リオはしっかりとうなずいた。

「やだ！　はっきり聞かれると、照れるわ！」

「リオって、妙な好みしてるよな」

あきれた声を発したのは、兄のリュークだ。

女三人の適当な会話を聞きながら、リュークは先日生まれたばかりの赤ん坊を抱いて、部屋を歩きまわっていた。立ち止まると赤ん坊が泣きはじめるため、最近リュークは常に歩いている。授乳で疲れたリュークの妻は、別室でお昼寝中だ。

歩き回る兄を見て、リオは眉尻を下げる。

「お兄様、大変ね？」

「あ？　ああ、少しくらい大きな音がするのは平気なんだが、揺れが止まると泣くんだよ。まあ、かわいいんだけどな。はぁ……」

兄のため息を聞きながら、リオは考える。

（ずっと抱いているのは大変だから、バウンサーがあればいいのに。座らせて揺らすことができて、少しは楽になりそう）

バウンサーとは、赤ん坊用の椅子の一種だ。赤ん坊の動きに合わせて揺れ、ゆりかごに似た役割を持つ。

「後でお父様に、バウンサーを取り寄せられないか聞いてみよう」

リオがつぶやくと、また意味のわからない言葉を使い出したと、兄姉《きょうだい》は顔を見合わせた。けれど、「リオの独り言は意外といい商品を生むから、止めるな。言わせておけ」と父は家族に言っていた。そのため、「こういうものが欲しいのよ」と見たことのない商品のアイディアを出すリオに対して、家族は発想力のある子だという認識で見守っている。

父母に視線を戻した。父は泣き落としをしているようだが、逆上した母から連続パンチをくらっていた。

微笑んで父母を眺めていると、リュークも笑う。

「平和だなあ」

リュークが一言漏《も》らし、同調するように姉たちも笑ったのだった。


結婚式の準備は、壮絶だった。二度と体験したくない、とリオは語る。

本来、何かの準備とは楽しみなものだろう。遠足でも旅行でも、準備は本番同様楽しく、心躍《こころおど》るもののはず。しかし、リオの場合は事情が違う。

公爵とはいえ、王族の縁戚《えんせき》に嫁《とつ》ぐのだ。しかも彼は国軍のトップで、国の有力者である。本人たちの意向よりも、国の威信が関わってくる。

リオは、結婚式を万全の状態で迎えるため、母と姉に連れ回された。体のあちこちをこすられて、締《し》められてのマッサージ。髪を引っ張られたり、何かを塗りこまれたりして徹底的にケアされる。かと思えば、ただでさえ面倒なドレスを着ては脱いで、ああでもないこうでもないと比べ合った。また、サイズを直しては着て……を繰り返す。

それもこれも、王族の縁戚《えんせき》の嫁が下手《へた》なドレスを着ていたり美しさを欠いていたりしては、国の威信に関わるからだ。

仕立て屋で繰り広げられるあまりの様子に、そんな大げさなとリオは言った。そのとき姉が出してきたのは、招待客リスト。そこには、近隣国の王子や貴族、大商人など、そうそうたる名前が連なっている。

「いい？　リオ、あなたが結婚式で着たドレスが、今後きっと流行するわ」

長女のステアが怖い顔で言った。

（――これは、マジだ。今まで見たことがないほど、マジだ）

リオは思わず息を呑む。

「流行《はや》らなかったら、こっちの力不足ってことよ。……そんなわけにはいかないわ」

母の言葉に、部屋にいた侍女やドレスの仕立て業者までも、重々しくうなずいた。……怖い。

リオに逆らう術《すべ》はなかった。あまりの怖さに、そんな気力もない。

さらに、リオは数々のマナーを習得しなくてはいけなかった。今までの気楽な男爵令嬢とは違うのだ。国の中枢を担《にな》う男性の隣に立つのだから、挨拶《あいさつ》の仕方、姿勢から指先の動き、話し方もそれにふさわしくなくてはいけない。

「まずは最低限を身につけてください」と公爵家から派遣された教育係に言われ、「これが最低限!?」と気が遠くなる体験をした。

リオは息も絶《た》え絶《だ》えだった。

「もう結婚式とかどうでもいい」と、ちょっとだけ思ってしまった。

しかし、「閣下に美しいと思っていただくためですよ！」と言われれば、がんばるしかないのである。

一方のアレクシオも、多忙を極めていたようだ。

元より国軍長官は忙しいらしく、また国外への長期視察も重なり、リオと会う時間はほとんどなかった。

こうして、婚約期間中にアレクシオとリオが会えたのは、ほんの二度だけ。しかも、衣装合わせのためと、式のリハーサルのためだ。

デートどころかお互いの気持ちを確かめることさえもできずに、あっという間に一年は過ぎ去っていったのである。

◇

――教会の鐘が鳴り響く。リオとアレクシオの結婚式がはじまった。

教会は人でいっぱいだというのに、鐘の音が鳴る以外は驚くほど静かだ。

リオの前の扉が開いた。目の前には祭壇への道がある。その先に、真っ白な衣装に身を包んだ神官、そして彼女の夫となるアレクシオがいる。

軍部長官であるアレクシオは、白い軍の正装に身を包み、普段は無造作に流している黒髪を整えている。

彼の姿があまりに麗《うるわ》しくて、リオは拝《おが》みそうになる。一日中眺めていたい。

つらかった一年間の苦労も、吹き飛んでしまう。

父のエスコートで祭壇の前まで進み、リオがアレクシオの前に立つと、彼は手を差し出す。

彼の手を握《にぎ》るとき、リオは自分の手が少し震えていることに気づいた。

震える手を優しく包みこみ、アレクシオは微笑む。リオを安心させる、柔らかく穏やかな瞳で見つめながら。

(鼻血を出すのと気絶するのは、どっちが社会的にダメージが低いでしょう。淑女《しゅくじょ》としては、気絶かしら)

そんな、淑女《しゅくじょ》とはほど遠いことを考えつつ、リオは式の間、意識をつなぎ留める。そうでもしないと、ありがたい神父様のお言葉や、誓いの言葉などを聞きながら、だらしなく笑ってしまいそうだったのだ。

「では、誓いのキスを」

神父にそう言われて、リオの頭の中が一気にバラ色に染まる。

(ファーストキス、きたーーーーっ!)

テンションがマックスまで上がったものの、はっとリオは気がついた。

(あ、違う。舞踏会のときにしてもらったわ。だけど、こんなに大勢の前でするのとは違うわよね! どうしよう!)

気が遠くなるほどの喜びで、リオの興奮が高まる。しかし、晴れの舞台で鼻血を出すわけにはいかない。

このままでは、気絶するしかないのでは……と思っていると、アレクシオが顔を近づけてきた。

リオは目をつぶり、彼の唇を待つ。

そのときリオは顔を赤らめただけで、思考すべてを表情の下にしっかりと納めた。リオは自分の本能に打ち勝ったのである。

参列者は、「なんて美しい」「天使のようではない？」など感嘆のため息をこぼす。

リオの性格を知っている家族だけは、「何を考えていてもいい。口には出すな」と祈りを捧げていた。

誓いを終えて正式にアレクシオと夫婦となったリオは、参列者に祝いの言葉をもらいながら、彼と腕を組んで歩く。たくさん舞い散る、花びらの中を……

結婚式の後は、公爵邸にて豪華絢爛《ごうかけんらん》な披露宴《ひろうえん》が開かれた。

そこでは高官が入れ代わり立ち代わりあいさつに訪れ、リオは息をつく暇さえない。アレクシオはよく気がつく人で、リオからは言い出しにくいお手洗いのタイミングも、侍女を通じてしっかりと対応してくれた。

ただ、リオは困っていた。

なぜならアレクシオは、「大丈夫か？　顔が赤いようだ」や、「疲れただろう？　悪いが、もう少し我慢してくれ」と、耳元でささやくのである。リオは、やめてもらいたくて仕方がない。

（やめてーっ！　もっと赤くなるから！）

そして夫のささやきに耐えるという苦行を乗り越え、花嫁リオは折を見て初夜の準備のために、自室へ戻った。花婿は、参加者を送り出した後に、戻ってくるという。

――リオの耳に、遠くから喧噪《けんそう》が聞こえる。

先ほどから、馬車が何台も遠ざかっていく音がしていた。参列者が帰っていくのだ。

親族たちもそれぞれの屋敷に戻り、明け方まで祝い騒ぐのだろう。

誰も彼もが、リオとアレクシオの結婚を祝福してくれている。

リオは、アレクシオの屋敷に用意された夫婦の寝室で、ソファーに座っていた。目の前には、お酒と少しのチーズや果物《くだもの》などのつまみが並んでいる。

今日は朝から緊張し通しだった。体中に心地良い疲労感が漂っていた。

柔らかなソファーに身を沈めるリオは、すでに侍女に体をすみずみまで磨いてもらった。身につけているのは、薄いネグリジェのみ。

リオは、ランプの光にかざすように、式で交換したばかりの結婚指輪を掲げた。

リオディーニ・サンフラン。

それが、リオの新しい名前だ。結婚指輪の内側に彫られた日付と名前を見て、頬が緩む。

本当にアレクシオと結婚できたのだ。

リオは、うっとりと結婚指輪の刻印を眺めながら、披露宴《ひろうえん》の騒ぎの名残《なごり》を聞く。

しばらくして睡魔に襲われたリオは、指輪を近くのテーブルに置き、少しだけと瞼《まぶた》を下ろした。

――揺れを感じ、リオはふっと目を覚ました。

（あれ？）

リオが目を開けると、目の前にアレクシオの顔がある。

「ひゃあ！」

驚いて、リオは思わずアレクシオの肩を突き飛ばしてしまう。

アレクシオはリオの隣に座り、顔をのぞきこんだところだった。彼は少し眉をひそめて、おとなしく離れる。

リオは慌てて頭を下げた。

「す、すみません。眠ってしまっていたようで」

「いい」

アレクシオは、テーブルにセッティングされていた酒を手に取り、グラスについだ。

「あ、わ、私が……」

リオの出した声は、自分でもビックリするほど震えていた。

「大丈夫だ」

カランと氷が溶けて音が鳴る。

そこでふと、自分の指に結婚指輪がないことに気がついた。

リオは焦ってテーブルを見ると、ちゃんと置いてあった。

ほっと息をつき、指輪を指にはめる。

落ち着いたリオがそうっと顔を上げると、アレクシオの胸元が見えた。

隣に座っている彼も、寝間着姿。そのことがなんだかとても恥ずかしくて、リオはそれ以上視線を上げることができず、彼の表情をうかがえなかった。

アレクシオの寝間着は、シルクみたいな光沢の柔らかそうなもの。その上にガウンを羽織《はお》ってい
るようだ。

心もとないネグリジェ一枚の自分が、少し恥ずかしい。

ぼうっとアレクシオの腕を見つめていると、そこに浮き出ている血管まで魅力的《みりょくてき》に見える。

（……触りたい。触ってもいいかしら。いいよね。だって夫婦だもの）

リオが手を伸ばそうとした瞬間、アレクシオの手が動いた。

驚いたリオの体はびくりと揺れる。咄嗟《とっさ》に、両手を胸の前で握《にぎ》りこんだ。

まるでやましいことがあるかのようになってしまった。

はっとして見ると、アレクシオは驚いた顔をしている。

「ち、ちがうんです。これは、ちょっと驚いただけで」

――やましいことはありません！

しかしアレクシオがどことなく悲しそうな顔になったことで、言葉が引っこんでしまった。

「ごめんなさい……」

リオはしゅんと項垂《うなだ》れる。

そして――アレクシオがうなるような声を上げたかと思ったら、目の前は真っ暗になっていた。

視界いっぱいに広がるのは、旦那様の黒い瞳。

噛《か》みつくようにキスをされ、熱い舌が口の中に入りこんでくる。

体は彼の手でソファーに押しつけられて動かない。

「ん、んん……」

彼の熱い舌がリオの舌に吸いつくように絡む。リオからも舌を伸ばすと、ちゅうっと吸われた。

「はあっ……、ん、んっ」

甘えた声が漏《も》れてしまう。

激しいキスで上手《うま》く呼吸ができず、リオは手足がしびれたような感覚に陥《おちい》った。

それをどうにかしてほしい。でも、やめてほしいわけではない。

訳がわからないまま、助けを求めてアレクシオの胸元に縋《すが》りついた。

呑みこめなかった唾液が口の端からこぼれ、伝っていく。それでも、嵐のように襲《おそ》いくるキスに必死について行こうと、リオは彼にしがみついた。

「ん、んん……」

静かな部屋に、リオの喘《あえ》ぎ声と、ぴちゃ、ちゅっ……と濡《ぬ》れた音だけが響く。

声を抑えたくてリオが息を止めると、唐突にキスが終わった。離れた熱が寂しくて、リオはアレクシオの背中に腕を回す。

(あ……背中に手、回る……)

初めてアレクシオに会った日、背中に腕が回るかな、と考えていたことを惚《ほう》けた頭で思い出した。

「逃がさない」

アレクシオの低い声が聞こえた気がした。けれど、快感にとろけたリオの頭はその言葉を捉《とら》えきれない。

アレクシオの唇が、リオの耳から首筋、肩へと滑っていく。リオの胸の前で結ばれていたリボンはほどかれ、ネグリジェは腰のあたりで丸まってしまった。

「あ、あっ、……あぁん」

アレクシオに触れられると、どこもかしこも熱くなる。やがて胸の頂《いただき》を口に含まれた瞬間、背中にぴりっとしたしびれが駆け抜けた。

「ふっ……ぅうん、んっ、んっ」

快感がむずがゆくて、胸のあたりにあるアレクシオの頭を無意識に掴んでしまう。

「アレクシオ、さまっ……！」

名前を呼ぶと、アレクシオが頂《いただき》を口に含んだまま見上げてきた。

彼の姿の卑猥《ひわい》さに、めまいがしそうだ。

ベッドに連れていってほしいと口にしようとしたとき――

むに。

むにむに…………………

アレクシオに、お腹を揉《も》まれた。触り心地がいいのか、彼は胸から口を離し、首をかしげながらも、揉《も》み続けている。

きっと、リオのネグリジェをすべて脱がそうとしたのだ。でも、その前に手触りのいいお腹の肉があって……

（肉が……肉……）

「やだあああああああああああああ！！！」

羞恥《しゅうち》でパニックに陥《おちい》り、リオは手を伸ばして掴んだもの――サイドテーブルに載っていた、アイスペールの氷を、アレクシオにぶちまけた。

「ん、ぶっ！」

突然氷をかけられ、アレクシオの瞳に剣呑《けんのん》な光が宿る。

氷はいくつかリオの素肌にも当たり、冷たさと痛みで、パニック状態の頭に冷静さが戻ってきた。

アレクシオは、自分の体にのった氷がリオにかからないよう、もぞもぞと動く。

氷をぶちまけたリオに対しても優しい彼に、胸が痛くなるほどどときめいた。

（謝らなくては）

そう思うものの、彼の鋭い瞳が怖い。

そもそも、人が気にしているお肉をつまむ彼も悪いのだ、と彼を責めたくなるが、もちろんそんなことはできない。

罪悪感と恐怖と羞恥《しゅうち》で、リオの目から涙があふれた。

「今更《いまさら》おびえても遅い」

アレクシオはそう言うと、ひょいとリオを抱き上げた。そのまま彼はベッドに向かう。

（――ああ、軽々と抱き上げてくれるなんて）

たくましい胸に頬を押しつけて、リオはさっきまでの恐怖も忘れてどきどきと胸を高鳴らせる。

ベッドにふわりと下ろされた後、リオはおそるおそる謝った。

「ごめんなさい」

彼はリオの頬をそっと撫《な》でてくれた。ゆっくりとリオをベッドに横たえた手つきからは、大切にされていると感じる。

けれど彼の表情は、どこか不機嫌そうだった。

もっとしっかりと謝った方がいいだろうか。

そう考えるリオの前で、アレクシオは夜着を脱ぎ捨てた。

薄暗い部屋の中、ほのかなランプの光に照らされて、アレクシオの裸体が浮かび上がる。

引き締まった体についた、いくつかの傷。

戦争のないこの国でも、犯罪や事件で国民が危険にさらされることがある。

そうなると、軍部のトップであるアレクシオは動く。

そのときにできた傷もあれば、戦いの中で負った傷もあるのだろう。

リオは目を見開き、口を手で覆《おお》ってアレクシオの体を見つめた。

（…………やばい、鼻血でそう。神様ありがとう！　この方が私の旦那様だなんて！　素敵、とっても素敵です！）

リオの胸は興奮と感激で打ち震えていた。

さっきまで罪悪感でいっぱいだった思考は、どこかへ飛んでいってしまう。

「怖いか？」

アレクシオは、リオに聞く。

(あなたが素敵すぎて怖いです！　私の萌《も》えのツボをどこまで押さえてるんですか。私をおかしくする気ですか。体に残る傷跡……っ！　なんて王道！　たくましい旦那様の軍服の下に傷跡！　完璧です。完璧すぎて涙が出そうです！　触ってもいいですか!?　でも、待って。貴族の子女がそんなことしちゃいけない気がする！)

リオの興奮が暴走する。

しかし、彼からの問いがそんなことを指してないことは、わかった。

(破瓜《はか》のことですよね？　ワカッテマス)

だから、リオはしっかりと決意をこめて首を横に振る。

「いいえ」

普通に声を出したつもりが、興奮のため、震えていた。

しまったと思い、胸の前で手を握《にぎ》って力をこめる。

「いいえ」

もう一度、しっかりと声を出した。

(あぁ、これ以上、見ちゃダメ。暴走しそう)

自分を律《りっ》するため、リオは目を伏せた。

すると、アレクシオがそっと覆《おお》い被さってくる。

(落ち着け、いきなり旦那様の体に見惚れてしまったら、変態だ！　離婚されてしまうかもしれな

い。そんなの絶対いやだ）

リオは両手を握《にぎ》りしめて、欲望を押しとどめる。

（般若心経《はんにゃしんぎょう》でも唱えよう……）

リオが心の中でお経を唱えていると、突然、荒々しい口づけが降ってきた。

「ん、んぅ？」

「後悔しても、もう遅い」

口づけにうっとりしかけたものの、彼の言葉でリオは正気に戻る。

（…………後悔？　後悔って、何？　誰が？　私？　…………そんなわけがない。私じゃないとしたら……、もしかして、アレクシオ様が後悔しているの？）

怖くて、問いかけたい思いは声にならない。

先ほど刺激されたせいでピンと立ったままの頂《いただき》は、アレクシオに舐《な》めてほしいと訴えるように濡《ぬ》れて、いやらしく光っていた。

その頂《いただき》をアレクシオが口に含む。

「はぁん……っ！」

飴玉を転がすみたいな舌の動きに、リオの体はぴくぴくと跳ねてしまう。反対の胸も、頂《いただき》を指の間に挟まれ、揉《も》みしだかれる。

自分の胸が、大好きな人の手によって柔らかに形を変えていく。そんな淫《みだ》らな光景を直視できず、リオは目をそらした。

「はぁ、あっ……ぅんっ、あぁぁ」

目をそらしても、与えられる快感は変わらない。先端をつまれてくりくりとこねられるだけで、体中に甘いしびれが走った。

ちゅ……っとまた頂《いただき》を吸われて、腰が揺れる。

両方の胸を同時に揉《も》まれ、先端をつままれ、リオは体をのけ反らせた。

「こんなにとがらせて。もっとしてほしい？」

「アレクシオ様っ……」

意地悪な声にさえ反応してしまう淫《みだ》らな体に、泣きたくなってしまう。

だって、ちゃんと彼に会うのは、一年ぶりなのだ。ずっと、もう一度触れてほしいと思っていた。何度も何度も、アレクシオのそばにいる自分を思い描いてきた。

そんなことを言えば、図々しい女だと嫌われてしまうかもしれない。だから、絶対に口には出せないけれど。

リオの反応を見て、アレクシオは満足そうに笑う。彼は両手を滑らせ、リオの足まで辿《たど》り着く。

アレクシオが触れる場所はどこも、じんじんと熱くなる。

「足を広げて」

膝同士をこすり合わせていたリオの両足を持ち、アレクシオは言った。

「でっ、でも、見えちゃいます」

リオの返事に、アレクシオは軽く笑みを浮かべる。

「見るんだよ。ほら、開きなさい」

アレクシオならば無理やり開くこともできるだろうが、リオが自分で足を開くのを待っているようだ。

リオは眉を寄せて羞恥《しゅうち》に耐える。

そして、ゆっくりと、アレクシオの拳《こぶし》一つ分くらい、足を開いた。

リオの秘所は、自分でもほとんど触れたことのない場所だ。そんな場所を自ら見せるだなんて、恥ずかしすぎて体が震える。

少しだけ開いた足の間に、アレクシオは手を差しこんだ。

彼が下着の上から割れ目を押し開いて指を上下に動かせば、リオの愛液はゆっくりとあふれてきて下着を湿らせていく。

「ふあっ、あっ……ん！　あ、だめです。そこ、おかしくなっちゃいます」

「おかしくなんてないよ。こんなに……熱くなっているじゃないか」

アレクシオの指に力が入り、下着越しに秘所をぐりっと強く押される。何かがじゅわっと染み出てくる感触がした。

「んんっ、あぁ……」

リオは下着が濡《ぬ》れてしまったことに驚いて、泣きそうな顔でアレクシオの胸を押す。

もしかすると、漏《も》らしてしまったのかもしれない。

思わず泣きそうな顔でアレクシオを見上げると、彼は少し驚いた顔をしてから笑った。

「違うよ。ほら、これは、リオが感じている証拠だ」

リオの抵抗などものともせずに、彼は下着の中に指をしのびこませて直接秘所に触れる。

「ひゃあぁん」

直接の刺激に、リオは背を反らして声を上げた。

アレクシオの指が動くたびに、背筋を駆け上がる快感に体が跳ねる。襞《ひだ》をかき分けて動く指に合わせて、くちゅくちゅと水音が響きはじめた。

邪魔になったのか、アレクシオはあっという間に下着をリオの足から抜いてしまう。花芽をいじりながら、そこへリオの愛液をどんどん塗りつけていく。

「あ、いや。んん、何、へん、へんよ。あぁっ……」

「っは……気持ちいい？」

そんな言葉が、熱い吐息と一緒に耳に入りこんでくる。

アレクシオの息が荒いことに、悦《よろこ》びがわきあがる。そして、ああ、これが気持ちいいという感覚なのだと納得した。

びりびりと震えるような快感。触られていない場所までも気持ちいい。

「きもち、いいです。あっ、あん。ひやぁ」

答えた途端、ピリッとした痛みが走った。

「痛っ……！」

アレクシオの指が秘所にもぐりこもうとして、失敗したのだ。

「……狭いな」

困ったようなつぶやきとともに、アレクシオは体を下にずらし、リオの秘所をのぞきこむ。

そんな場所をじっくり見られるなんて、恥ずかしすぎる。リオはそこを隠そうと試みた。

「はぁ、あっ、あっ。アレクシオ様、そんなに見ては恥ずかしいです」

両手を下に持っていくが、アレクシオの片手に簡単に捕まえられてしまう。膝の間にアレクシオの頭があるので、足を閉じることもできなかった。

リオの抵抗などなかったかのように、アレクシオはリオの蜜壺《みつつぼ》の周りをやわやわと揉《も》む。彼は襞《ひだ》を押し広げながら、リオさえしっかりと見たことのない場所をじっくりと見つめた。

「アレクシオ様っ！」

リオが悲鳴のような抗議の声を上げると、アレクシオがチラリと視線を寄越してくる。リオの反応を確かめている気がする。

その視線に、リオはぴくんと体を揺らした。

ベッドに横たわり、小さな胸の先端をピンと立てているリオ。膝を立て、足を広げてアレクシオの手を招き入れた自分がひどく淫《みだ》らに感じて、どうしていいかわからない。

「リオ、胸が寂しいんだろう？　ほら、自分でいじってごらん？　オレは今からこちらをかわいがらなければならないから」

花芯のまわりをやわやわと揉《も》みながら、アレクシオはリオの手を胸に持っていく。

アレクシオは、もう胸には触ってくれないのだろうか。あまりに小さいから、触っても楽しくないのかもしれない。

悲しくなって彼を見上げると、頂《いただき》をピンとはじかれた。

その刺激にびくんと揺れてしまう自分の体が恨めしい。

アレクシオに触ってほしいのに、彼はリオのことを眺めている時間の方が長い。そして時々、指先だけでリオを翻弄《ほんろう》していくのだ。

それでも、アレクシオの言う通り、リオは刺激を求めて、自分で胸を揉《も》みはじめる。

「ふあ、あぁぁ。アレクシオ様、きもちいぃ」

「ああ、なんていやらしい姿だ」

アレクシオのうっとりしたような声に嬉しくなる。同時に、彼に触ってもらえなくて悲しい。

そんなことを考えていたら、ぐいっと両膝を広げられた。

「あっ、ダメ。そんな恥ずかしいっ」

しかしアレクシオはゆっくりと、リオの花芽に顔を近づけていく。足の方を見れば、彼と目が合った。

アレクシオはぺろりと唇を舐《な》めた。それを見ただけで、触られてもいないのに内股がひくっと動く。

彼はその反応を褒《ほ》めるように内股にキスをして、ちゅうっと吸いつく。彼が舌先を滑らせていくと、愛液であふれたそこは、期待するようにひくひく動いた。

「触ってほしい？」

アレクシオが秘所のそばでしゃべると息がかかり、リオは喘《あえ》ぎ声を上げる。

「んっ……あっ……さわっ……さわって、ほしいです」

素直な返事に軽く笑い、アレクシオは一気に花芽に吸いついた。

「んやあぁぁぁんっ」

波のような快感に襲《おそ》われ、目の前がちかちかする。

「イッたのか？」

アレクシオの言葉の意味を捉《とら》えきれなくて、リオは快感の残った表情のままアレクシオを見返す。

彼は軽く笑い、もう一度リオの花芽に口を寄せた。

ぼんやりして足にも手にも力が入らないのに、アレクシオに与えられる快感だけが鮮明だ。それもどんどん強くなっていっているようで、リオは少しずつ、怖くなる。

肉襞を押し分けるように、アレクシオの舌が誰も受け入れたことのないそこへ入りこむ。

「ふ、んん……！　ん、んぁ」

気持ちいい。だけど、体だけが快感を追いかけていくようで、気持ちがついていかない。

ぴちゃぴちゃと水音を響かせて、アレクシオはリオの秘所を舐《な》め続ける。そうして、リオの奥にアレクシオの舌は進む。

「アレクシオ、さまぁ」

快感がどんどん膨《ふく》らみ、感覚が研《と》ぎ澄まされて、リオは怖くなる。どこかに流されていっているようで、リオは何かに掴まりたかった。

抱きしめてほしくて、アレクシオの髪の毛を引っ張る。そんなリオを咎《とが》めるように、アレクシオがリオにちらりと視線を向け、太ももに軽く歯を立てた。

そんなかすかな痛みでさえリオの体は快感に変換してしまい、体がびくんと揺れる。

すると、リオの中にアレクシオの指が入ってきた。痛みはないが、なんだか、妙な感覚がする。

「リオ、痛い？」

「痛く……は、ないです」

リオは眉を寄せて違和感に耐えた。

なんだろう。触られているような感覚はあるのに、どこを触られているのかわからない。

（なんだか、ちょっと窮屈《きゅうくつ》になったかも。苦しい）

リオの表情が曇《くも》ったままでいることを気にしながら、アレクシオは指を動かしはじめる。

（なんだか、内側からお腹をくすぐられているような感じ？）

リオの表情が変わらないことを見て、アレクシオは親指で彼女の花芽をこすった。

「……んっ？」

ふたたびやってきた快感に、リオは小さな声を漏《も》らす。

中に入った指と花芽をいじる親指が激しく動き、ぐちゅっ、ぐちゅっと激しく濡《ぬ》れた音を立てた。

指が中から出てくるたびに滑りはよくなり、リオの体はどんどん熱くなっていく。

「ん、いっぱい濡《ぬ》れてきた」

アレクシオのつぶやきが聞こえた。

頭の芯までしびれる快感に、リオは意識を持っていかれそうになる。

「んん……？　ん、あ、あ……？」

意味をなさない喘《あえ》ぎ声だけが、リオの口から漏《も》れていた。

（これは、気持ちがいいの？　苦しくて、体の奥を直接触られているような感覚。少し、痛いような……体のもっと奥がもぞもぞと反応しはじめているみたい）

そう思っている間に、アレクシオの指はさらなる深みに向かっていた。

蜜壺《みつつぼ》に入れられた指が、リオの中を好き勝手に動き回る。

そちらに気をとられていると、急にとがった胸の頂《いただき》をつままれた。

「ひゃあぁんっ」

「リオ、気持ちいい？」

遠くから、アレクシオの声が聞こえた。

彼はリオの秘所へ指を入れて、胸の頂《いただき》をつまんでいる。そうして裸で抱き合っているはずなのに、アレクシオが遠いところにいる気がする。

「……、っあぁん、は、んっ」

リオの口から出るのは、意味をなさない荒い息ばかりだ。

――抱きしめてください。

急にそう言いたくなったが、アレクシオが胸に噛《か》みついたせいで、口にできなかった。

「ああっ、ぁうっ……！」

手で触られていない方の胸を、噛《か》みつくように嬲《なぶ》られる。痛いのに気持ちがよくて、リオは身をよじった。

ちゅっ……と音がして、リオは涙でにじんだ瞳でアレクシオを見る。二人の視線が絡まった。

その途端、彼は体を起こし、リオの足の間に体を入れてきた。

リオは、ぼんやりとアレクシオを眺める。

「リオ、入れるよ。我慢して」

アレクシオがリオの両足を抱えて、彼自身をリオの秘所にこすりつけた。そしてぬるぬるとした愛液を、そそり立ったものに塗りつけていく。

「ふあぁ、あっ、んんぁ」

熱いものが花芽にこすりつけられるたびに、今までの感覚とはまた違った快感が生まれ、リオは悶《もだ》えた。指よりも熱いアレクシオ自身が、リオの秘所に触れている。

――今までのどんなときよりも近づくはずなのに、なぜかアレクシオを先ほどよりさらに遠く感じた。

「アレクシオ様、待って。お願い、待って……いや……」

襲《おそ》いくる恐怖心に、リオは戸惑った。

何がはじまるのかわからない。だけど、きっと今からの行為は一番大切なもののはず。

リオは恐怖と寂しさに泣きそうになった。

（このままでは、嫌なの。キスをして、抱きしめて。……嘘でもいいから、愛していると言ってほ

しい。お願い。私を見て。私を抱きたいと……後悔なんて気のせいだったと言って）

そう続けようとした言葉は、けれど口に出せなかった。

「いや」と口にした次の瞬間、突然激痛が走ったのだ。

抱きしめてほしくて伸ばした手は、握《にぎ》り返されることもない。リオの手は、痛みに耐えるためにシーツを掴むことになった。

「いや、いや、痛いぃ」

「……っ、リオ、力を抜け」

めりめりと音がしそうなほど秘所を押し広げて入ってくるものの質量に、リオは涙を流した。

少し耐えても、痛みは軽くなる気配がまったくない。

リオをなだめるように、アレクシオは唇の端にキスを降らした。

ようやく与えてもらった優しさに、リオは痛みで閉じていた目をそっと開ける。

目に映ったアレクシオはつらそうで、悲しげだ。

この行為は……初心者を相手にすると、彼も痛みを伴うのかもしれない。

アレクシオの痛みが軽減するなら、何をされてもかまわない。そう告げようとしたところ、アレクシオがリオから目をそらして言った。

「仕方がないだろう……我慢してくれ」

その言葉にリオは目を瞠《みは》り――すべてを我慢することにした。

抱きしめてほしい。キスがほしい。頬を撫《な》でてくれるだけでもいい。

リオは奥歯を噛《か》みしめて、それらの言葉を呑みこんだ。

アレクシオだって、我慢している。仕方がなく、リオを抱いているのだ。

それを知ってしまったことに、何よりも痛みを感じた。体の痛みよりも激しく、壊れてしまいそうなほどに。

アレクシオがぐっ、と腰を進めると、もう声を我慢しなくてもよかった。痛みに泣き声も出せず、リオは唇を噛《か》みしめて涙を流す。

アレクシオが膝から手を離して花芽をいじると、少しだけ快感が戻ってくる。痛いばかりだったから、無意識に体に力が入っていたらしい。

そのことに気がついて力を抜いた瞬間、アレクシオはリオの腰を持ち上げ、ぐっと一気に押し入った。

「きゃあああぁぁっ」

リオの悲鳴を聞いて、アレクシオの眉間にしわが寄る。

それに気がつきながらも、リオは浅い息を繰り返し、うめき声を上げた。

リオとアレクシオでは体格が違いすぎる。アレクシオは、リオが簡単に受け入れられるサイズではなかったのだ。

目を見開いて涙を流すリオに、アレクシオはゆっくりと近づき、キスで目尻の涙を吸い取ってくれる。

「リオ……」

懇願にも似たアレクシオの声音を、リオは気のせいだと思った。

望んでいたキスだけれど、今は心が満たされない。

心が軋《きし》む。どこまでが義務で、我慢してやってくれているのか、わからない。

「動くぞ」

短い言葉とともに、アレクシオは動きはじめる。

じわりと生理的な涙が出てきた。痛さを我慢し続けた体が、悲鳴を上げる。

動き続けるアレクシオを見て、「まだ?」と聞きそうになった。

(だって、痛い。全部、痛い)

泣き声を上げそうになったとき、アレクシオがリオを抱きしめる。

「ごめん。もう少しだから、リオ、悪い……っ」

急に温かさに包まれて、リオは一瞬、ぼんやりしてしまう。

抱きしめられて、頭を撫《な》でられて、リオは縋《すが》りつくようにアレクシオの背中に腕を回した。

今夜、初めてちゃんと抱きつくことができた気がする。たったそれだけのことなのに、リオは心が満たされたことを感じた。

「アレクシオ様……っ」

泣きながら呼べば、あやすようにもう一度撫《な》でてくれた。

(大好き大好き大好きっ)

そう胸の中で叫んだとき、はあ、と熱い息を吐くアレクシオに気がつく。

――もしかして、自分の中は気持ちよくないのだろうか。

胸だって小さいのに具合も悪かったら、最悪ではないかと、リオは不安になる。

「アレクシオ様、痛いですか？　私……気持ちよくない？」

痛みをこらえながら聞けば、アレクシオは目を見開いて笑みをこぼす。

「そんなわけないだろう。オレは、気持ちがいい。気持ちがよすぎて……止まらないんだ。もう、すぐだから……っ」

すまないと言われたものの、何を謝られているのかわからなかった。

ただ、アレクシオの言葉に、胸の奥がずくんと反応する。アレクシオが感じてくれている。リオの体で気持ちいいと思ってくれている。

それを嬉しいと思った瞬間、リオの中が急にアレクシオに絡みついた。

「……っ？」

アレクシオが驚いたようにリオを見つめる。

一方、リオは痛みが薄れた気がして目を瞬《またた》かせた。ぎちぎちだった結合部が緩んだような感じだ。

アレクシオが、先ほどの膝を抱えていた姿勢ではなく、リオを抱きしめたまま、腰を動かしはじめた。

温かい。アレクシオに手が届く。たとえ手を握《にぎ》り返されることがなくとも、彼はすぐそばにいる。

アレクシオの動きに合わせて、ぐちゅぐちゅと水音が聞こえた。

「んっ……？」

リオは、痛みの向こう側にある未知の感覚を捉《とら》えはじめていた。

しかし、大きく息を吐いたアレクシオが急に激しく動きだし、再び訳がわからなくなる。

ただ、アレクシオがぎゅっと抱きしめてくれたことで、幸福を感じた。

抱きしめて、気持ちいいと言ってくれた。今は、それでいい……


その後は、何をどうしたのか、あまり覚えていない。

いつ行為が終わったのかもわからず、最後はアレクシオに包まれている幸福感だけが残っていた。

彼は唇に優しくキスをして、なだめるように頭を撫《な》でてくれた。

幸せを少しでも長く感じていたくてそっと目を閉じると、リオの頬を涙がこぼれ落ちていく。

アレクシオがおもむろに起き上がってガウンを羽織《はお》り、部屋のすみに置いてあった湯にタオルをつけているのが見えた。

「リオ、気持ち悪いだろう。体を拭こう」

絞《しぼ》ったタオルを広げながら、アレクシオが近づいてくる。

「いえ……気持ち悪くなどないです……」

言ってから気がついた。

アレクシオは、気持ち悪いのだろうか。ずっと体に力を入れていたせいで、随分汗もかいている。

少しだけ肌もぺたぺたした。

そんな自分が横にいることが気持ち悪いならば、綺麗にしなければならない。

そう思って、リオはやっぱり……と、言葉を変えた。

「あ、いえ、ありがとうございます。使います」

アレクシオが差し出したタオルを受け取ろうと手を伸ばし、違和感を覚える。

……その違和感をはっきり認識する前に、リオはうめき声をあげた。

「体がきついのか。じゃあ、オレが……」

「それは恥ずかしいです！」

アレクシオの言葉をさえぎって、リオは叫んだ。

アレクシオに体を拭かれるなんて、考えただけでも体中が真っ赤になってしまいそうだ。

必死に首を振るリオから、アレクシオは顔を背《そむ》けた。

「では、侍女を呼ぼう」

決して冷たい声ではなかった。

だけど、アレクシオはリオの顔を見ていなかった。

タオルをサイドテーブルに置く彼の動きを目で追いながら、リオは冷えていく空気を感じていた。

アレクシオは、怒りを抑えて無表情を保とうとしているように見える。

リオがこんなに目で追っているのに、視線が合わない。

侍女を呼ぶために呼び鈴を鳴らした後も、アレクシオはリオに視線を向けてはくれなかった。

労《いたわ》ってくれる優しい声と手に、縋《すが》りついて言葉を求めそうになる。

どうして、私を見てくれないのと詰《なじ》りたくなる。

「アレクシオ様」

我慢できずに呼びかけたが、アレクシオはうなずきだけを返して扉に視線を向けた。

——これは、きっと拒絶だ。

涙でかすんだ視界に、アレクシオのつらそうな横顔が映る。

あまりにじっと見つめてしまったからだろうか。アレクシオはリオに近づいてきて、柔らかい毛布で体をくるんでくれた。

「今夜は、そのまま眠るといい」

大きな手が、リオの視界を覆《おお》った。まるで、もう見ないでほしいとでも言うように。

「次は、来月だ。妊娠しておらず、月のものがくれば、また抱く」

——子をなすために。そんな言葉が聞こえた気がした。妻としての役目は、それだけだと。

跡継ぎをなすのは貴族の義務。

どんなに気に入らなかろうと、離婚しない限りは夫婦としての義務を果たさなければならないのだ。

アレクシオはそのまま、続き部屋の奥に消えた。

彼は、自室で眠るのだろうか。

リオにも私室はある。客人を招いたりするための、個人の居間のようなものだ。

けれど、寝室はお互いの私室に挟まれたこの部屋のみ。私室にベッドはないはずだ。

それなのに、アレクシオは去った。

パタンと、ドアが閉まる音を聞いて、リオは泣く。

たくさん失敗してしまった。アレクシオが部屋に入ってきたときに寝ていたことも、妄想で頭がいっぱいになったことも、氷をぶちまけたことも、失敗だった。何もかもをやり直したい。

だけど、どれか一つではないと思う。どれも、アレクシオは本気で怒ったりしていなかったような気がする。

怒っていたのではない。そう――

(後悔、していますか? 貧相な、女を娶《めと》ったことを)

導き出された答えに、リオは泣き声を無理やり抑えこんだ。

三

結婚式の次の日、リオが目を覚ますと、もう日は高くなってしまっていた。

昨夜、いくら遅くまで寝付くことができなかったといっても、公爵夫人初日から大寝坊だなんて。

リオは慌てて着替える。寝る前に体を拭いてもらっていたので、普段着を着て簡単に髪をまとめただけで、部屋を出た。

アレクシオは、リオに気を遣《つか》い、起こさないでいてくれたのだろう。

今頃、朝ご飯を待ってくれているかもしれない。

慌ててダイニングに向かおうと廊下を歩きはじめたところで、侍女に呼び止められた。

「奥様、おはようございます。ご朝食はお部屋でも大丈夫ですよ。お持ちします」

お体がつらいでしょうと気遣《きづか》ってくれる様子は、気恥ずかしくも嬉しい。一方で、胸に嫌な予感が広がっていく。

「旦那様は、どうされたのかしら？」

その途端、侍女が気まずそうな顔をした。

リオは、失敗したと思った。彼女に聞くべきことではなかったと、慌てて謝る。

「いえ、いいの。ごめんなさい」

「申し訳ありません。すぐに準備いたしますね」

侍女はリオに深く一礼して、足早に遠ざかっていく。

その後、リオが部屋で朝食を取っていると、家令がアレクシオからの伝言を伝えにきてくれた。

「急用ができてしまったようで、本当に申し訳ないとおっしゃっていました」

アレクシオは仕事へ行ってしまったのだという。

昨日は、『明日から三日は休みが取れる』と言っていた。披露宴《ひろうえん》の合間にささやいてくれた彼に、『嬉しい』となんのひねりもない言葉を返したことを思い出す。

急用というのが本当なのか、リオにはわからない。

もしかして、幻滅されてしまったのかもしれない。それとも、もう、顔も見たくないと思われた？　家令が部屋を辞したあと、リオはため息をついた。

アレクシオと一緒にいられたはずの三日間は、なくなってしまったのだ。

使用人たちに気を遣《つか》わせないように振る舞わねばと思ったが、行動はともなわない。

結局その日、リオは一日中泣いて過ごしてしまった。

そんな彼女に、侍女は冷たいタオルと温かいスープを準備してくれる。何より、一人で過ごす時間をくれた。

リオはたくさんの気遣《きづか》いをありがたく受け取ったのだった。

次の日も、リオはアレクシオに会えなかった。

一日泣いて過ごしてしまったリオに、さらに泣くという選択肢はない。昨日は使用人たちにあきれられたかもしれないが、今日こそがんばらなくてはいけないのだ。

アレクシオが仕事をしている間、リオにもやらなければならないことはたくさんある。

結婚式の参列者への礼状を書き、贈りものを確認して、返礼を用意しなくては。

サンフラン公爵家の切り盛りも、リオの仕事の一つ。女主人として、家を取り仕切らなければならない。

今まで男爵家で甘やかされてきたため、リオにはわからないことばかりだ。結婚が決まってから必死で勉強したとはいえ、知識も経験もまったく足りない。

これから家庭教師や親族の手を借りながら勉強していくことは、いくらでもある。

リオに落ちこんでいる暇はないのだ。

「昨日は休みをいただいてしまい、ごめんなさい。ありがとう。改めまして、リオディーニと申します。これから、よろしくお願いしますね」

泣き腫《は》らした顔を隠すため、リオは自分で着替えと化粧をして朝食の席に向かった。そんな彼女を、使用人たちは笑顔で迎えてくれる。

本来ならば、昨日しておくべき挨拶《あいさつ》だ。旦那様からどんな扱いを受けたとしても、使用人に過剰な気を遣《つか》わせるわけにはいかない。リオは精一杯、気丈《きじょう》に振る舞った。

すると、何度か見かけたことのある長身で細身の男性が彼女の前に進み出て、挨拶《あいさつ》する。

「シオラス・コンスタンティンと申します。この屋敷で家令を務めさせていただいております。シオとお呼びください」

前髪の一部だけが白く染まっている、壮年の渋い男性だった。笑うと、目元にしわが寄って優しげだ。

アレクシオの両親は、鬼籍《きせき》に入って久しい。アレクシオは国軍の仕事が忙しいため、実質、この屋敷と領地を切り盛りしているのは彼らしい。

リオは父からその話を聞いて、厳しい人を想像していたのだが、優しそうでほっとする。

「では、シオ。さっそくだけど、礼状を書く方のリストを準備してもらえるかしら?」

「できております」

そう答えると、彼はにっこり笑ってリストを出してくる。その厚さに内心うんざりしつつ、リストを受け取った。

(……だめだめ、全体を見てしまうから悪いの。一つ一つを順番にこなしていけば、いつの間にかなくなっているものよ)

ふと、毎日パソコンに向かって仕事をしていた前世の自分を思い出した。

(うん、できる)

アレクシオに愛されなくても、彼の邪魔にならないようにしなくてはいけない。

自分ができることをしようと、リオは自分を奮《ふる》い立たせる。

それからリオは、大量のリストの一番上から順に礼状を書き、返礼の品を選んだ。

一日二日で終わる作業量ではない。リオは、淡々と仕事をこなしていった。

一日中、手紙を書き、品物を選ぶ。その合間に、わからないことについても勉強した。根《こん》を詰めて息抜きもしないリオに、侍女は時折声をかけてくれる。

「奥様、休憩をしませんか？」

するとリオは微笑み、決まってこう言った。

「ありがとう。これを終わらせてからいただくわね」

それは口上で、出してくれる食事にも軽食にもリオが手をつけないことを、侍女は知っている。

リオは、だんだん食べられなくなっていった。


リオは、自分で思った以上に傷ついていたらしい。

初めてキスをして、体に触れられた舞踏会の日にはなかったアレクシオの反応。そして、すべてを脱いでしまった後に発せられた、『後悔』という言葉。

リオの体は思った以上に貧相だった……いや、肉がついていた、ということではないのか？

胸は、初めて出会った日に触られたし、見られている。そのときに隠れていたのは、コルセットで締め上げていたお腹まわりだ。

リオは、アレクシオの引き締まった腹筋を思い出す。リオの肉がついたお腹を見て醜《みにく》いと思うのは、仕方がない気がする。

結婚式では、とても優しくて、抱き寄せてキスもしてくれた。そのたびに笑みを浮かべてくれたのに、その後、アレクシオに嫌われてしまったのである。

リオは悩んだ末、原因は、自分が太っているからだと結論づけた。

それもこれも、今までの自堕落《じだらく》な生活が悪かった。父の遺伝のせいにして、家族からの『かわいい』という言葉に甘えて、醜《みにく》いままの姿を愛する人にさらした。

切実に、痩《や》せたいと思った。お風呂で服を脱ぐたびに悲しくなり、自分の姿を見るのもつらい。

アレクシオの優しい手に触れられたい。

なのに、彼から嫌われてしまうなんて。

自然と、食欲がなくなった。

ただ、何も食べなければ死んでしまうだろうと、少しの飲みものと野菜を口にする。

このまま暮らせば、痩《や》せられるのではないか？　そんな思いに囚《とら》われて、周りの心配そうな顔にもリオは気がついていなかった。

アレクシオが帰ってこないまま、三日が経った。

リオは、公爵邸に貴族のご婦人を呼んでお茶会を開いた。数人のご婦人方にお茶をしようと誘われていたため、ならば、みんな一緒にと計画したのだ。

集まったのは、侯爵夫人に伯爵夫人と、いずれも高位の貴族の婦人ばかり。リオは緊張しつつも、とても勉強になると思った。

どなたも、所作《しょさ》の一つ一つが美しい。ティーカップを持ち上げる指の角度まで、うっとりするほど優雅なのだ。

それに憧れてじいっと見つめるリオに、シャルテ・グートミュー侯爵夫人は恥ずかしそうに微笑む。その表情さえ美しい。

「リオディーニ様、そんなに見つめられては、お話もできませんわ」

くすくすと手を口元に当てながら笑う、侯爵夫人。彼女は、すでに学院に通うほど大きなお子様がいるのに、スリムでメリハリのある体型を維持している。

「シャルテ様は、どうしてそんなに美しく、細くあられるのでしょう」

真面目に問うリオに、侯爵夫人は頬を赤らめた。

「そんなに率直な言葉で褒《ほ》めてもらうのは、いつ以来でしょう」

くすくすと上品に笑いながら、リオに向かって首をかしげてみせた。

「リオディーニ様も充分に小柄でかわいらしいですわ」

『リオに自分がアドバイスをできることなどない』と、侯爵夫人は暗に言う。リオが首をかしげると、彼女は諭《さと》すように続ける。

「リオディーニ様はうらやましいほど愛らしいお姿をされていますよ」

リオは彼女の言葉が不服で、残念そうな顔をした。お世辞を言われていることはよくわかっている。

そんな顔をされてもと、侯爵夫人は困る。彼女に助け舟を出すように、ティアラ・グランシェード伯爵夫人が声を上げた。

「リオディーニ様はとても愛らしいですもの。サンフラン公爵閣下は、結婚がお決まりになったときとても喜んでいらした、と夫が言っていましたわ」

ああ、そうでしたわねと、周りのご婦人方が嬉しそうに笑う。

リオは、こわばりそうになる顔を必死で緩めて、なんとか笑った。けれど——

「——私、閣下は王女殿下をお迎えになると思ってましたのよ」

続いた伯爵夫人の言葉に、リオは固まってしまう。

「ああ、そんな話もありましたわ。私もいつご婚約なさるのかと……」

伯爵夫人の隣の方が同調して、思い出すようにうなずく。それを、ほかの夫人が咎《とが》めた。

「まあ、リオディーニ様に失礼よ」

その言葉に、慌てて伯爵夫人は弁明をはじめる。

「あ！　あら、ごめんなさい。公爵閣下に嫁《とつ》ぐ方が、王女殿下以外にいるなんて、と驚いて……」

「ちょ、ちょっと」

「だって、そうじゃないの。あの公爵閣下よ？　お相手は王女殿下のほかにいないと……あぁ、ごめんなさい。もう何も言わないわ」

言葉を変えれば変えるほど、リオの表情は曇《くも》っていく。

——もっとも、伯爵夫人の言葉は『閣下には嫁のなり手がいなかった』という意味。しかしリオには、別の意味に聞こえていた。

リオにとって、アレクシオは世界で一番素敵な旦那様。彼の筋肉質な体も凜々《りり》しい顔つきも、魅力《みりょく》でしかない。アレクシオが自分の夫になってくれたことを奇跡に感じるほどだ。

しかし、アレクシオはやむにやまれず、リオを妻にしたのかもしれない。

（まさか、婚約をお考えの相手がいらしただなんて……。私ったら、考えてもみなかった）

言われてみれば、アレクシオは出会った当時三十歳。結婚していておかしくない年だ。

（その年までお一人でいらしたのは、なぜ？　王女殿下は私の一つ下。もしかして、王女殿下が大人になるのを、アレクシオ様は待っていたの？）

胸が、ぎゅうっと痛んだ。

リオは、お茶会に参加するご婦人方の顔を見渡す。

ここにいる六人の貴婦人は、王女殿下とアレクシオの仲について全員が知っているようだった。

二人の仲は高位の貴族社会では公認だったに違いない。

アレクシオは、誰もが認める素敵な人だ。

国の中枢で働き、公爵閣下という重責を担《にな》い、お金にも権力にも決して揺れない心を持つ方。どうして、わざわざリオを選ぶ必要があったのだろう。

愛するアレクシオにならば、カーディ商会の末娘という肩書を望まれていてもいい。そばに置いてくれるならば、存分に利用してもらったっていいと、リオは思っていた。

けれど、サンフラン公爵閣下にそんなもの、必要だろうか？　――答えはきっと、否《いな》だ。

涙がこぼれそうになるが、公爵夫人たる自分がここで泣き叫ぶわけにはいかない。

この場では公爵家の名を背負っているのだ。アレクシオに恥をかかせられない。

リオは、必死で笑顔を保った。

その後、お茶会は微妙な雰囲気になってしまい、お開きとなった。最後まで伯爵夫人は自分の発言を気にしていたけれど、リオは気にしないでほしいと伝えた。

リオは私室に戻ると、頭を抱えて座りこんだ。最近は悲しいことが続いて、涙もろくなっている。いつも泣いてばかりでは、使用人たちに心配をかけてしまう。

泣いてはダメだと思いながらも、リオはお茶会で聞いた言葉が気になってしょうがない。

アレクシオのもとへ、王女殿下が嫁《とつ》ぐ予定だった。

ならば、どうして彼は結婚の申し込みに了承してくれたのだろう？

（そんなの……そんなの！　責任感からしかない……）

舞踏会の晩、もしかしたら、アレクシオはリオが「初めて」ではないと思ったのかもしれない――あんなに簡単に男性と二人きりになる娘は、処女ではないと。

それが、キスさえも初めてで、正真正銘《しょうしんしょうめい》の紛れもない処女だった。

あの日、リオに触れたことで、アレクシオは責任を取ろうと思ったのではないか。

そう思い至り、リオの胸に罪悪感が湧き上がってきて、吐きそうになる。

真面目で優しい彼ならば、あり得るような気がする。

あの日、リオの望みに応《こた》えただけのアレクシオ。それなのに、なぜ彼が人生を犠牲にするほどの代償を払わなければならないのか。――愛して、添い遂げる予定の女性がいたのに。

（そんなの、つらいだけではないの？）

泣きたい。しかし、泣いてはいけない。リオに泣く権利などない。

もう、リオにはどうしたらいいのかわからなくなっていた。

痩《や》せて綺麗になれば、アレクシオはリオを見てくれるのだろうか。それでも、彼は王女殿下を想い続けるのだろうか。

一方の王女殿下は、彼の結婚をどう思っているのか。格下の女が、恋人を寝取ったと思っているのではないだろうか。

アレクシオを好きでいるだけで幸せだったリオの心は、今や罪悪感に塗りつぶされていく。リオはもう、息さえできなくなりそうだった。


結局、リオは結婚式から一週間、アレクシオに会えなかった。

彼は屋敷に帰ってさえこない。王城に寝泊まりしていると聞かされた。

王城に……と聞いた瞬間に、嫉妬心《しっとしん》で身が焼けてしまいそうになる。王城には、王女殿下がいるのだ。

彼が仕事に出て八日目の夕方、家令から『今日は旦那様がお帰りになります』と伝えられた。

ようやく一緒に夕飯をとることができる。結婚後、初めて一緒にとる食事だ。

彼の顔を見たくて仕方ない一方で、自分がどんな風に見えるのかが、とても気になった。

侍女に着替えたいと申し出ると、嬉しそうにうなずいてくれる。

どんなドレスがいいだろうと様々なドレスを手に取るけれど――なんと、どれも大きくなっていた。

否《いな》、リオが痩《や》せてしまったのだ。たった一週間食事を減らしただけで、随分痩《や》せた。

お腹の肉が落ちたと喜んだのもつかの間、それと同時に、胸までしぼんでいた。

(お腹はいいけれど、胸？　胸も？　そこもしぼんじゃうの？　ここは、スレンダーな体を手に入れつつ、胸はそのままっていうのが、理想なんじゃないの？)

リオはがっくりと肩を落とす。

しかし、どうしようもない。とりあえずできることをしなければ。入浴して髪をとかし、アクセサリーを選んで……あれやこれやとしているうちに、アレクシオの帰宅を告げられた。

リオは慌てて、アレクシオを出迎えるためにホールへと向かう。

リオが着くと、家令が頭を下げて玄関の扉を開けた。

そこには、アレクシオが立っている。リオは彼の姿に、懐《なつ》かしさすら感じた。

彼は随分忙しかったのか、疲れている様子だ。それでもやっぱり、とても格好いい。

「お帰りなさいませ」

アレクシオに声をかけると、ひどく驚いた顔をされる。

「リオ？　なんだか小さくなった気がする」

「まあ。そんなわけありませんわ。一週間程度じゃ背が縮んだりはしません」

笑って答えたが、アレクシオの心配そうな顔は戻らない。

私室へ向かう間、この一週間にあったことや食べたものについて、たくさん聞かれた。どれだけ痩《や》せたか確認するように顔や体を触られ、体調が悪いのかとも尋ねられる。

そんなアレクシオの反応が嬉しくて、リオは笑いながら、心配いらないと言った。

そうして、理解する。

(――――そうか、痩《や》せればいいのだ。以前見たときよりも痩《や》せていたから、私に興味が出てきたのかもしれない)

リオは、自分にできることに気づいた。

痩《や》せればいい。そうすれば、アレクシオはリオにかまってくれる。

『外見だけで、そんなに態度を変える人が、本当に素敵な人なの？』

他人にはそう言われてしまいそうだが、そのときのリオはまともに何も考えられなかった。

アレクシオに恋焦《こ》がれ、なんとしてでも自分を見てほしかった。

(お腹の肉が悪いんだ。あのむにむにした肉がなくなれば、アレクシオ様は、私を少しはよく思ってくれるかも)

ダイエットだ。都合のいいことに、今のリオに食欲はない。

もっと、もっと痩《や》せよう。胸は欲しいけれど、お腹の肉を落とすことからはじめなくては。

目標ができたことが嬉しくて、リオはにこにこと笑った。

笑顔のリオにアレクシオも機嫌がよさげだったが、夕食の時間にまた顔をゆがめる。

「リオ、それだけしか食べないのか？」

リオの食事量を見て言外に「もっと食べろ」と促《うなが》してくるが、リオは首を横に振った。

「充分いただきましたわ。ふふ。女性の食べる量など、こんなものです」

そんなわけがないことはリオ自身わかっていたが、アレクシオの問いにはそう返す。

これから、もっと痩《や》せなくてはならないのだ。食べる量が増えて、太ってしまっては困る。

今日より明日、明日より明後日、リオはきっと美しくなる。そう考えて、リオは笑みを深くした。

次の日も、アレクシオは帰ってきた。

一緒に夕食をとり、アレクシオはリオにもっと食べてほしいと言う。

彼を嬉しそうに見ながらも、リオは食べものを口に入れなかった。

かたくななリオに、アレクシオは聞く。

「リオ、今日は何を食べた？」

「今日は果物《くだもの》をたくさんいただきました。リンゴがおいしかったですよ。よろしければ、アレクシオ様も召し上がってみてください」

次の日も——

「リオ、好物はなんだ？　好きな食べもの……嫌いなものはなんだ？」

次の日も、次の日も——

アレクシオはリオに質問してかまってくれるし、毎晩帰ってきてくれる。

一緒に夕食を食べて、会話をする時間があるのだ。

何を学んだか、何を食べたか。好きなものや嫌いなもの、食べたことがあるもの、ないもの……

いろいろなことを聞かれた。

嬉しくて、幸せで胸がいっぱいになり、リオの食べる量はどんどん減っていく。

リオはほとんど食べないうちに、『もうお腹がいっぱいです』と言って断ることが常になった。

するると、アレクシオはなぜか悲しそうな顔をする。

だけど食べて体重が戻ったら、彼の関心はよそへ向いてしまうに違いない。

結婚して半月以上経ち、リオが食べものを口にするのは、アレクシオとともに食事をするときだけになっていた。

使用人はみんな、リオに何か食べさせようと試行錯誤《しこうさくご》するが、彼女は受けつけない。食べないこと以外は理想的な女主人なのに、と心配の声も寄せられた。

リオは、自分の役割と、できること、できないことを見極められる。そして、学ぶべきことは率先して学ぼうとする。使用人に対しても、知らないことは教えてほしいと素直に言った。

今までは当主のアレクシオが忙しかったため、ほかの貴族との交流がなかったサンフラン公爵家だったが、リオの働きで様々な交流を持ちはじめている。

お茶会を開いたり花を飾ったりして、公爵邸は気づけば笑顔であふれていた。

しかし明るくなる公爵家に反して、リオは痩《や》せていく。誰が見ても、リオは結婚前より小さくなったと感じるほどに。

サイズの小さなドレスを着られることに、リオは笑みを浮かべる。ふっくらと丸かった頬は細くなり、顔色は白くなっていた。

どうしてリオが食べないのかを、誰も知らない。リオに聞いても、もちろん答えない。

こうしてリオのダイエットは続いたのだった。

——鏡の前に立って、リオは思う。随分痩《や》せたな、と。

(食事制限をしすぎちゃったかも。屋敷のみんなに、すごく心配をかけてる)

しかし、お腹の肉がなくなった今も、アレクシオは寝室に来てくれない。触れてもくれない。毎日、屋敷に帰ってきているのに、別の場所で眠っているのだ。

体のだるさを感じつつ、リオはため息をつく。

(きっと、まだまだ太っているから。その気にならなくて、私のそばに来てくださらないのね……)

その後も、リオはダイエットを続けた。しかし体重は減っていくのに、アレクシオの態度は変わらない。

リオはぼんやりと思考の海に沈むことが増えた。なんだか、とっても疲れるのだ。

そういえば、初夜のときに「次は来月だ」と言われたことを、ふと思い出す。あれからもうひと月だ。もしかしたら、もうすぐ寝室に来てくれるのではないかと考えて、リオは愕然《がくぜん》とした。

——今月は、月のものが来ていない。

(まさか……!?)

愕然《がくぜん》とした自分にも、ショックを受ける。

(もしかして、妊娠してる？　そうしたら、私はこのまま赤ん坊を育てていくの？　夫に顧《かえり》みられることなく、彼が帰りたがらないこの屋敷で。男児ならば次期公爵になる子を、育てていく——)

生まれた子どもに、アレクシオは愛を注《そそ》ぐかもしれない。妻のリオには与えない愛を。そして、別の女性……王女殿下のもとへ帰っていく。

そんな中でリオは、子どもを愛し、教育を施《ほどこ》して、貴族の義務や人々のために生きることを教え諭《さと》していかなければならない。

（そんなことが、できるの？　私に？）

リオは、不安でいっぱいで、ベッドに入ってもなかなか寝つけなくなった。

月のものが来てないと気がついてから、リオは三日間、悩み続けた。


――朝だ。明るい陽の光で、そう認識したのに、リオの体はなぜか動かない。

起きなければと思っていると、ノックの音がしてアレクシオが寝室に入ってくる。

「……っ、アレクシオさま……？」

普通に声を出したつもりが、ひどくかすれた声になった。しゃがれた、おばあちゃんのような。

「おはよう、リオ」

アレクシオがこわばった顔で近づいてくる。

なぜ、ここにいるのだろう。夫婦の寝室に来てほしいとずっと願ってはいたけれど、今は朝だ。

彼は仕事に行くはずなのに。

リオが疑問を口に出そうとしたとき、アレクシオの後ろから部屋に入ってきた男性に気がついた。

白髪《しらが》頭で眼鏡をかけて、医者鞄《かばん》を持った初老の男性。

ひゅっと、リオののどが鳴った。体を無理やり動かし、初老の男性から逃げるように動く。

アレクシオはリオを押しとどめて、静かに言った。

「医術士に来ていただいたんだ」

「私はどこも悪くないわ！」

思った以上に大きな声が出た。肩を抱こうとするアレクシオの手を嫌がって、リオは肩を揺らす。

「どこも悪くなんてない！　診《み》ていただかなくてもいいの！　嫌！　嫌なの!!」

小さな子どもみたいに泣きはじめたリオに、アレクシオはおろおろと医術士を振り返った。医術士はうなずいて、リオにゆっくりと歩み寄る。

「お嬢さん、あなたは、細すぎる。そこらの病人よりも細いぞ」

彼はそう言いながら、リオの手を取った。

「触らないでください！」

リオは悲鳴に似た声を上げて、医術士の手を叩き落とすと、また泣き出してしまう。

リオがそんな態度を取るのは初めてで、医術士の後に部屋に入ってきた使用人たちは驚きで声も出なかった。

「お願い。放っておいて。私はどこも悪くないわ。お願いよ、お願い……出ていって！」

必死に絞《しぼ》り出す声は、しわがれていて、まるで老人だ。

リオの言葉をゆっくりと聞き、医術士はもう一度彼女の手を取った。

「それはできんよ。あなたを心配している人がどれだけいると思ってらっしゃる。わしとて、こんなに細いお嬢さんを見たら、心配でたまらんよ」

リオはひっくひっくとしゃくりあげながら、ようやく周りに目を向ける。

アレクシオ、侍女に家令までいた。

医術士に向き直ると、彼は困った顔で首をかしげる。

「ちょっと、診《み》せてはもらえんかの」

祈るように周りに見られ、リオは逃げられないと悟《さと》った。

またも涙があふれてきて、両手に顔をうずめる。

「すまんの」

医術士はリオの枕元に座り、鞄《かばん》から道具を出しはじめた。その様子を見て、家令がほかの者を促《うなが》し部屋を出ていき、アレクシオと医術士以外は部屋からいなくなる。

リオは、医術士に言われるがまま、舌を出したり上を見たり、深呼吸をした。

そうして、出た答えは――

「栄養失調だの」

リオは耳を疑った。

(栄養失調？　妊娠ではなくて？)

アレクシオは医術士にうなずく。彼は予想通りといった表情を浮かべている。リオはショックを受けた。

公爵夫人ともあろう者が栄養失調なんて、外聞が悪いにもほどがある。

しかも、アレクシオはわかっていたのだ。だから、あんなに食べろと言っていたのか。

そんな公爵家の名を汚すような真似をした妻なのに、アレクシオがリオに見せる表情には、怒りではなく心配が宿っていた。

夫に愛されたいという自分の都合で、公爵家の評判を落とすことなど、許されない。

どうしてこんな馬鹿なことをしてしまったのだろうと、リオは頭を抱えた。

食事をしなければ栄養が摂《と》れないことなど、当然じゃないか。痩《や》せられることに浮かれて、何も考えられなかった。

(声はしゃがれ、肌もかさかさになって……どこが美しくなっていっているというの。現実を見ずに、迷惑をかけてばかりで……)

自分の犯した間違いに気づいたリオに、医術士は、最初はスープから、ゆっくりと三食食べるようにと諭《さと》した。そして、いくつかの薬を置いていく。

荷物をまとめながら、彼は小さな声でつぶやいた。

「まだ、心が病《や》んでいるというほどでは、ないかの」

それを聞き、リオは激しく動揺する。自分が、そう見える可能性があるということに。

(私ったら、何をしているの。旦那様の手伝いどころか、足かせになってどうするの)

リオは心の中で、自分を叱りつけた。医術士が帰った後、アレクシオに深く深く頭を下げる。

「申し訳ありません。ご迷惑をおかけして、なんとお詫《わ》びしたら……」

リオの背中を撫《な》でながら、アレクシオは言った。

「そんなことはいい。とにかく、何か……なんでもいいから、食べてほしい。そのままでは本当に起き上がれなくなってしまう。さあ、食べて元気になろう」

彼はリオを叱責して当然なのに、笑って彼女を励ます。

それでも、リオは無茶なダイエットをした理由を、彼に打ち明けなかった。

そんな自分をそのまま受け止めて、ただただ心配してくれる彼の優しさが嬉しくて、うまく言葉が出てこない。

(アレクシオ様。私は、あなたに愛されたかったのです。あなたに触れられる幸せを知ってしまったら、追い求めずにはいられなかった)

——大好き。愛しています。

その言葉ばかりがリオの心を占める。

(知れば知るほど素敵なあなたを、これ以上好きにならない方法はあるのでしょうか。あなたが私を愛してくれる日は、いつか来るのでしょうか——?)


結婚式から三月《みつき》。先週、リオの月のものが終わった。

先月来なかったのは、無理なダイエットのせいだったらしい。

妊娠していなかったことに、リオはホッとした。そんな自分に嫌悪感を抱き、つらくてどうしようもない気持ちをもてあまして、涙が出る。

こんな醜《みにく》い感情を抱くことがあるなんて、想像もしていなかった。夢見るように、恋に恋をしていたかった。

医術士に診《み》てもらってから、リオは食事を抜くことはやめた。温かいスープから、徐々におかゆ、野菜や魚、肉を食べていった。

体型は結婚したときと同じくらいに戻りつつある。リオの体にとってベストな体重なのだろう。今、鏡に映るリオの姿は、ちょっと丸みを帯びた体。ほっぺたが丸くてピンク色なせいで、少し幼く見えてしまう。乾いてがさがさだった肌は、つるんと張りのある肌に戻った。

食事をとると、侍女たちは安心したように微笑んでくれる。シェフは少しでもおいしいものをと、たくさん工夫を凝《こ》らしてくれた。疲れるまで働いてはいけないと、家令は未だにちょっと過保護気味だ。

彼女の周りには、優しい人があふれている。彼らは、元々アレクシオのそばにいた人々で、その輪の中にリオは加えてもらったのだ。そのささやかな幸せが、リオにとって一番の救いだった。

最近のアレクシオは、一週間に一度ほどの頻度で屋敷に帰ってくる。

本当は、毎日彼の顔を見たい。

(――今日は帰ってこられるかしら?　明日は?)

そう尋ねるたびに家令に悲しそうな顔をされた。それがつらくなってしまい、帰ってくる日は、教えてほしいと頼んだ。寂しいと使用人に訴えることなんて、できないのだから。

自分は公爵夫人だ――その矜持《きょうじ》が、リオを支えていた。

リオが日々痩《や》せていっていたときは、アレクシオは毎日帰ってきていた。それは、リオが病気にならないか心配したからだろう。

（では、今……帰ってきてくれないのは、どうしてですか？）

朝、リオがいつも通りに庭から花を取ってきて玄関に飾っていると、家令が受け取ったばかりの伝令を報告にきた。

「奥様、今日は旦那様がお昼にお戻りになるそうです。その後、アレス国との国境にお客様をお送りするお役目のため、すぐに発《た》たれるとか」

ここ王都の中心からアレス国との国境までは、馬車で半日ほどの距離だ。

「そう、お忙しいのね……。でも、四日ぶりにお顔が見られるわ」

リオの嬉しそうな顔に、家令も微笑む。

「昼食は外でとられるの？」

「いいえ。こちらで、軽食を召し上がるとうかがっております」

その言葉に、リオは勢いこんで聞く。

「それなら、旦那様の軽食、私が作ってもいいかしら？」

絶好のチャンスだとリオは思った。

（痩《や》せることには、失敗した。私が着飾ったって、たかが知れている。それに、公爵夫人としての仕事はまだまだ勉強中で、役に立とうなんて無理。ならば、私にできることは……）

そう考えて、ずっと機会をうかがっていたのだ。

ディナーは、リオよりシェフが作った方が断然おいしい。

しかし、つまむ程度の軽食なら、リオには少々評判のレシピがある。それは結婚前、男爵家でもカーディ商会でも人気だったもの。

馴染《なじ》みの客にしか出ないと噂になるくらいの、その食事。提供された人の口コミで伝わり、それを食べたいと願うがゆえに馴染《なじ》みとなった客もいるほどだ。

この食事は、カーディ商会では販売を行わない。レストランで売り出すより、噂として広まってお得意様が増えた方が効果的だという、男爵の判断だ。

もっとも父親のそんな戦略などリオは知らず、売りものになるほどのものではないんだろうと思っていた。

「カーディ商会の馴染《なじ》みのお客様に出していたお食事を、召し上がっていただきたいの」

リオがはにかみながら言うと、家令は息を呑んだ。

「それは……非常に魅力的《みりょくてき》なアイディアですね。奥様自らお手をふるわれることに恐縮いたしますが、噂のカーディ商会の食事を拝見しとうございます。是非に、お願いいたします」

家令が公爵夫人に台所に立つことを願うことなど、本来あってはならない。たとえ、公爵夫人たっての望みでも。しかし彼は、必死なリオの希望に応《こた》えたかったたし、カーディ商会の噂の料理を見てみたかった。

「まあ、ふふ」

リオは、家令の返事を優しさとして受け取った。台所に立つことに罪悪感を抱かないよう、家令が気を遣《つか》ってくれたのだと。

「ようし、がんばる！」

そう気合いを入れたリオは、シェフへ台所を借りると伝えにいく。

すると、シェフはむせび泣かんばかりに喜んだ。予想外の彼の様子に、リオは若干引き気味だった。

そこまで喜ぶことだろうかと考えていると、シェフは料理をしている間、近くで見学させてほしいと懇願してくる。

リオは笑顔でうなずいた。

「それなら、お手伝いしていただけますか？　たくさん作れば、みなさんにも食べていただけますよね……ひゃあ！」

感極まった様子のシェフに手を握《にぎ》られ、リオは思わず悲鳴を上げてしまったのだった。

リオが作るのは、前世の記憶の中にあった料理、サンドイッチだ。

この世界では、主食は米。小麦粉はケーキやクッキーなどのおやつに使われるものという認識がある。パンもあるにはあるのだが、甘い菓子パンばかりで、食事として扱われない。

ある日突然、サンドイッチが食べたくなったリオは、自分で作ることにした。おぼろげな記憶をたよりに、何度も失敗を繰り返し、食パンを焼くことに成功したのだ。

（カーディ商会のみなさん、あのときは試食してくれてありがとう。そして、ごめんなさい）

リオが食パンもどきを持っていくたびに、悲しそうな目を向けてきた従業員のことは忘れられない。甘いパンしか食べたことのなかった人たちにとって、味のないパンは苦痛だったらしい。

リオを彼らのおかげで出来上がったレシピで食パンを焼き、薄くスライスする。

あとは、具材――ハムやベーコン、ハンバーグ、チーズ、トマト、レタスに卵を用意する。

ハンバーグは、リオの手作りだ。二種類の肉をまな板に置いて、二本の包丁で叩いてミンチを作った。

そんな調理の仕方を見たことのなかったシェフは、唖然《あぜん》としてリオを見つめる。彼は、肉を叩くことに関していくらか異議を唱えたが、リオはスルーを決めこんだ。

そして、食パンの耳を粉にしたもの、玉ねぎ、卵、牛乳をミンチにまぜて、塩で味付けしてこねる。不安そうな目を向けてくるシェフだが、ひとまず無視だ。リオはすでにカーディ商会でも、その視線をたっぷり向けられてきた。

こねたタネを小判型にして焼けば、ハンバーグの出来上がり。

シェフ特製のトマトソースをからめてチーズやレタスとともに挟むと、ハンバーグサンドイッチ。

上手にできたと満足げなリオに、シェフは不安そうな瞳を向けてきた。リオが味見としてシェフにサンドイッチを一口食べさせると、彼は一瞬で納得の表情を浮かべた。

「あれがこんなにおいしいものになるとは……！　このパンも、今までのものとまったく違う」

シェフは感銘《かんめい》を受け、自分も作ってみたいと言い出した。

それならば、とリオは実家から持ってきていた食パンの型を彼に譲《ゆず》ることにする。ついでにレシピをあげると、「レシピまで譲《ゆず》っていただけるなんて」と、シェフはまたむせび泣いた。

そんなシェフの大げさな反応に、リオは目を白黒させる。

試食をして興奮する使用人たちを見ながら、リオも高揚を抑えられなかった。

（アレクシオ様は、これを食べてなんておっしゃるかしら？　おいしいと微笑んで、キスをしてくれたりして。それは贅沢？　抱きしめてくれるくらいは……）

これだけ使用人たちの評判がいいのだ、きっとアレクシオも喜んでくれるだろうと心が弾む。

そんな、お昼の準備がもうすぐ整う——というとき、家令が申し訳なさそうな顔で台所に現れた。

「申し訳ありません、奥様。アレクシオ様の出立が早まったため、昼食をご一緒することはできないと連絡が入りました」

その知らせに、リオは残念な表情を隠せない。

そんな彼女を見て、家令はもう一度、「申し訳ありません」と謝った。

「ああ、ごめんなさい。シオが謝ることではないわ。アレクシオ様は、お帰りにもならないのかしら？」

家令は、いえ、と首を横に振る。

「一度、お戻りになるようです。予定変更は本当に急なことだった様子で」

「昼食は少しも召し上がらないの？」

「はい。時間がないとのことです。おそらく、どこか途中で昼食を準備させるのではないかと」

「あ！　じゃあ……あの、サンドイッチをこうやって紙に包んでね、バスケットに入れるの。そんな風にして持って行っていただくことはできないかしら？　移動中も食べやすいと思うの」

リオは、サンドイッチを一つ手に取り、手近にあった油紙で包んでみせる。

こちらの世界には、『お弁当』がない。そもそも、食事を持ち歩くという概念がなく、お皿に盛られた料理をフォークとナイフで食べることが当たり前なのだ。

家令は、リオの手にある紙に包まれたサンドイッチを見て、唖然《あぜん》としていた。

「ごめんなさい。無理よね」

リオは肩を落とし、サンドイッチを皿に置く。

すると、家令ははっとして声を上げた。

「いえ！　奥様、大変素晴らしいと思います。旦那様は軍の訓練で携帯食を持ち歩かれますから、そのように食事をすることもかまわれないかと。……なるほど。それならば、簡単に持って行っていただけますね」

うんうんとうなずきながら油紙を手に取る家令に、シェフや侍女も寄ってきた。

「まあ。素敵。これなら、時間がないときも簡単に食べられるわ」

「それより、外にお出かけして、公園で食べることもできるわね」

この世界で、外で食事しようと思えば、大量な道具と人手が必要だ。そのため貴族の娯楽とされているが、これならば平民も気軽に外で食事を楽しめる。

そう楽しげに話す侍女たちを、家令がたしなめた。

「その予定は後で話してください。今は、旦那様に持っていっていただけるよう、準備を」

家令の言葉に返事をして、侍女たちはバスケットなどの準備に取りかかる。

「大丈夫かしら……？」

「もちろんです。みんなの反応をご覧になったでしょう？　きっと、今日の昼食はサンドイッチを庭で食べる使用人がたくさんいると思いますよ」

家令はリオに微笑みかける。

「旦那様も、お喜びになられます」

その言葉を聞いて、リオはほっとしたように顔をほころばせた。

それならば、とリオは、水筒にお茶を注《そそ》ごうとするシェフに声をかける。水筒を持ち、そうっと鍋をのぞきこんだ。今日のお昼のスープは、野菜をよく煮込んだコンソメスープのようである。

「スープをね、この水筒に入れてもらえないかしら？」

「水筒にスープを⁉」

シェフは目を白黒させ、リオと彼女が持つ水筒とを交互に見た。

「そう。水筒だったら、スープを入れても漏《も》れないでしょう？　食べるときには、カップに注《そそ》いでもらってね。スプーンを使わずに食べられて、いいと思うの」

シェフは、呆《ほう》けたように水筒を見て答える。

「はあ、なるほど。それだったら、スープも持っていっていただけますね」

シェフの了承を得て、リオは喜んだ。

中を見て驚かないように、荷物を準備している侍女に、水筒にスープだと表記してもらう。カップは陶器だから、布で包んで気をつけて運ぶことにする。

バスケットにすべてを詰め終えると、リオは笑顔で言った。

「喜んでいただけるかしら……楽しみね！」

いつになく楽しそうな彼女に、使用人たちの頬も緩んだ。


それから間もなく、アレクシオが大層な行列とともに帰ってきた。

「すまない。寄っただけなんだ。時間はあまり取れないが……何か変わったことはあるか？」

玄関で出迎えた家令に疲れた様子で問いかけるアレクシオは、上着を脱ぐ気配もない。

家令が持つ書類にサインを書きこんだら、すぐにでも出ていってしまいそうだ。

「アレクシオ様」

リオが呼びかけると、アレクシオがこちらに顔を向けた。

「あの、昼食を……」

「ああ、すまない。一緒にとれるかと思っていたが、もう出立しなければならないんだ」

アレクシオは申し訳なさげに返事をしてから、リオが抱えているバスケットに目を向ける。

「女主人にこんな大きなものを抱えさせるなんて」

アレクシオが眉をひそめて使用人たちに目を向けると、リオはおずおずと口を開く。

「いえ、あの、馬車の中で食べていただけるものを準備したのです」

みんなに大丈夫だと言われたものの、いざアレクシオを前にすると、リオは少し不安になった。

アレクシオは、リオの言葉に驚きながらもバスケットを受け取り、中をのぞきこんだ。

「馬車の中で？」

「あの、あの、どこでも大丈夫なのですが。手で持ってできる食事なので、気軽に食べられると……。ああ、でも、どちらかで昼食をご準備していらっしゃるのでしたら、えっと」

なんだかとっても恥ずかしいことをしているような気になって、リオは言い訳のような言葉を続ける。取り返した方がいいかと右往左往《うおうさおう》していると、アレクシオは笑ってリオの頭を撫《な》でた。

「いや、すごく嬉しいよ。いただくことにしよう」

そう言って、リオの頬にキスをする。

途端に頬が熱くなる。彼を見ると、微笑んでいた。

（どうしよう。アレクシオ様がとってもご機嫌だわ。私からキスを返しても、嫌ではないかしら）

そう思いながら手を伸ばしかけたところで、情けない顔をした侍従がやってくる。

「お話中、失礼します。長官。殿下がお待ちです」

『殿下』と聞き、リオは固まった。

（『殿下』って……『王女殿下』？）

リオの息が止まりそうになる。

「ああ、おとなしく馬車で待っていると言っていたのに、もう音を上げたのか」

「おとなしくなんて、一秒たりともしていらっしゃいませんよ」

泣き言を漏《も》らす侍従に、アレクシオは苦笑を返す。そして、「もう馬車に行かなければ」とリオを振り返った。

その瞬間、彼の表情が変わる。

「どうした？　顔が真っ青だ」

驚いたようにアレクシオが問いかけても、リオは返事ができない。気を抜けば、泣き崩れてしまいそうだった。

リオは、嵐のように吹き荒れる心中を吐き出さないことだけで、精一杯だ。

（アレクシオ様。今から出かけるのは、殿下……王女殿下と、なの？　国境にお客様をお送りするお役目だと聞いていたのに、違うの？）

さっきまでの浮かれた気持ちは、今はどこにもない。

もう何もかもが、悪いようにしか考えられなかった。

（急に出立が早まったのは、早々に出かけたかったから？　今日はとてもご機嫌がいいのは、今から殿下とお二人でお出かけだから？）

――そんなわけがない。わざわざ仕事の内容に嘘をつく理由などないのだ。お出かけの前に、屋敷に寄る必要もない。だから、仕事だということは違いないのだろう。

――それが、王女殿下と二人での仕事というだけで。

「すみません、長官……。これ以上お待たせすると、殿下が降りてきます」

アレクシオがリオの顔をのぞきこもうとしたところで、もう一度侍従から声がかかる。

「リオ、夜には帰るから。行ってくる」

アレクシオはそう言って、足早に馬車へ向かっていってしまった。

途中、彼が心配そうに振り返ったので、リオは無理やり笑ってみせた。

「いってらっしゃいませ。お気をつけて」

リオの胸が、きゅうっと縮んだように痛む。原因はみっともないほどの嫉妬《しっと》だ。

（これは、お役目。お仕事だ。仕方がない。どうしようもない。行かなければならないから、行くの。でも、妻は私。誰がいようとも、私が妻だ）

元気がなくなったリオに、家令や侍女が声をかける。しかし彼女は少し疲れたからとだけ伝え、自室に戻ったのだった。

（大丈夫。夜には、アレクシオ様は私のところへ帰ってきてくださるのだから）

それだけを、支えにして。


夕方頃から、風が強くなりはじめた。アレクシオの帰りを待つリオの心は、ひどくざわつく。

夜になると風が激しく窓に吹きつけ、暗くなる前に使用人総出で板を立てて回った。嵐が来ている。

——嵐が来るとわかったから、出立が早まったのだろうか。リオはぼんやりと考えた。

とっくに夕食を終え、湯あみを済ませた。リオは寝室の窓際に座ってぼーっとする。後はベッドに入って眠るだけの状態だ。

しかし、リオは期待していた。

（今日は……抱いてくれるかもしれない）

先週、月のものが終わったことは、きっと侍女からアレクシオに連絡がいっているだろう。

(アレクシオ様はどう思われたかしら。子どもができていなくて残念だと？　それとも、淡々と受け止めたのかしら)

夜には帰る、と彼は言った。だから、どうしようもなく期待してしまう。

それなのに、嵐が来ている。この中を帰ってくるかと思うと、とてつもなく心配だ。リオは窓のそばで、風の音を聞いていた。

優しい声で自分の名を呼び、大きな手に触れられる。彼の温もりが欲しくてたまらない。

こんな嵐の中、帰ってきてほしいと願っては、いけないのかもしれない。

しかしおそらく、仕事で遠出をするアレクシオは天候予報局から情報を得ていただろう。夜が嵐になると知っていたはずだ。

それなのに、帰ると言ってくれたのだから、リオは寝ないで待っていると決めた。

しばらくして、リオが落ち着かずに部屋をうろうろしていると、遠慮がちにドアをノックされる。

「はい」

侍女かと思い返事をすれば、扉が閉まったまま、家令の声が聞こえた。

「旦那様からご伝言が。今日は帰れなくなったとのことです」

「……そう、わかりました」

なんとかそう答えたが、声は震えてしまった。リオはそんなに演技が上手ではない。感情のコントロールも苦手だ。扉を開けずに用件だけを伝えてくれた家令に、ありがたいと思う。

「では、失礼いたします」

「ええ、わざわざありがとう」

――アレクシオが帰ってこないのは、安全を考慮したから。王女殿下と一緒に過ごしているからではない。

アレクシオ様が無事に、伝言を伝えられる場所にいることを喜ぶべきだ。

リオは自分にそう言い聞かせる。

(『帰ってくると言ったくせに』なんて、わがままを言うわけにはいかないわ。私は、公爵夫人。この家の女主人だから)

リオは枕に突っ伏して泣いた。声が漏《も》れないよう、顔を枕に押し当てて。

とめどなくあふれ出す涙は、顔をいたずらに腫《は》らしてしまうだけで、心の痛みを減らしてくれはしない。

(アレクシオ様、アレクシオ様。お慕《した》いしております。お会いしたい。お顔が見たい。触れられたい。抱きしめられたい。それが駄目なら、おそばに置いてくださるだけでもいいの)

けれど、彼が抱きしめたいのは、別の女性。今まさに、その方を腕に抱いているかもしれない。

そう思うと、大粒の涙があふれ出て、すぐにクッションに吸いこまれていく。

(旦那様は、帰ってこない。王女殿下とともに過ごされる。そんなもの、王宮でだってそうじゃない。やろうと思えば、いつだってできること。今日に限ったことではない)

そう考えると、リオの口から乾いた笑い声が漏《も》れる。

嫉妬《しっと》で苦しくて、胸が痛くて眠れない。

そのときふと、リオは、アレクシオがいつもどうやって眠っているのかが気になった。

夫婦の寝室には、彼は初夜以降、来たことがない。私室に眠る場所があるのだろうか？　それとも、この屋敷では寝ていない？

リオはのろのろと起き上がると、アレクシオの私室のドアノブをひねる。

鍵はかかっていなかった。それが信頼の証《あかし》のようで、勝手に部屋に入るなんてと胸が痛んだが、止められない。アレクシオが普段、寝ている場所を確かめたくなったのだ。

部屋に入ると、ふわりと、アレクシオの香りがする。なんの香りかはわからない。香水などつけてなさそうだけど、柔らかい森みたいな香りだ。

アレクシオの部屋は殺風景で、装飾はまったくなかった。

執務机と本棚。部屋のすみに小さなソファーがあり、その上に毛布が丸めて置いてある。

本来なら、腰かけるために使われるはずのソファーが、現在はアレクシオのベッドになっているのだろう。彼の体には、明らかに小さすぎるベッドだ。

こんなところで寝るほど、自分の隣は嫌だったのか。その事実に、リオは打ちのめされる。

ソファーの隣の小さなテーブルに、寝酒と夜着が準備してあった。家令が主人の帰宅に備えて用意したのだろう。

あの日、一度見ただけのアレクシオの夜着。触れると、さらさらと優しい手触りだ。

リオは夜着を持ち上げて、抱きしめてみた。アレクシオの香りがする。

洗われているはずなのに、アレクシオの温かさが残っているようで、ほっとする。

(――こんなの変態みたい。絶対ダメ)

そう思いながら、ちょっとだけだからと言い訳する自分がいる。

(置いてあったときと同じように、たたむこともできる。気づかれないようにする。気づかれたら、本気で嫌われちゃうもの。今度こそ、二度と触れてもらえないかもしれない)

ダメだと思いながら、リオは欲望に逆らえなかった。

そっと、アレクシオの上着に袖を通してみる。大きい。裾は、リオの膝まであった。

「アレクシオ様」

彼の名前を呼んで、自分を抱きしめた。

自然と頬が緩み、ふと思い立って、酒をグラスに注《つ》ぐ。

どうせこのままでは眠れないから、少し飲んでみよう。お酒を飲むとよく眠れると、父や兄に聞いたことがある。

酒瓶を傾けると、とろっとした液体がグラスに流れこんだ。琥珀《こはく》色の液体が、明かりに反射してキラキラと揺れる。

グラスの半分くらいまで酒を注《つ》いで、くいっと飲んでみた。

途端に、のどがかっと焼けるように熱くなり、くらっとする。

(……なるほど。これはよく眠れそうね)

くらんくらんと目が回るような感覚が、楽しくなってくる。リオは勢いで、残りの酒をくいーーーっと飲み干した。

今度は、ふわわぁんと、空を飛んでいるような気分になる。

なんだか、意味もなく楽しい。なるほど、『酒に逃げる』というのは、こういうことだったのか。

すぐにでも眠れそうだ。横を見ると、布団と毛布がある。リオはぼんやりしながら、布団にもぐりこんだ。途端に濃くなるアレクシオの香りに、くらくらした。

四

深夜、風が吹き荒れる公爵邸に、一騎の馬が駆けこんだ。家令は当然のように、それを出迎える。騎上の男——この家の主人アレクシオは、わずらわしげに家令を睨《にら》みつけた。

「おかえりなさいませ」

その睨《にら》みにまったく動じずに、家令は頭を下げる。アレクシオはため息をついて応じた。

「まだ起きていたのか」

「帰れないと連絡なさっても、お戻りになることはわかっておりましたので」

その言葉に、もう一度ため息をつく。アレクシオは何も言わず馬を家令に預け、彼が小屋へ向かうのを見送る。嵐の中、ここまで駆けてくれた馬を、家令はねぎらってくれることだろう。

アレクシオがダイニングで濡《ぬ》れた服を脱いでいると、家令が戻ってきた。

「……妻は」

「お休みになられました。旦那様のために夜食を作っていらっしゃいましたが、召し上がりますか？」

昼にリオが作った食事は、屋敷の者に大好評だったらしい。昼過ぎに遅番でやってきた使用人たちが、一様に食べてみたいと悔しがったそうだ。その姿を見たリオは、彼らのためにも料理をしたという。

「夜食？　妻の手作りか？」

「はい、使用人一同、ご相伴《しょうばん》にあずかりまして。非常に美味でございましたよ？」

「なぜ、お前らがオレより先に妻の手作りを食べるんだ」

「仕方がありませんでしょう？　旦那様のお帰りが遅かったものですから」

家令はにっこり笑っているものの、どうも怒っているようだ。

最近、使用人たちのアレクシオを見る目が冷たい。……理由はわかっている。

みんな、リオを好ましく思っているから、彼女と向き合わない自分を責めているのだ。

彼女を女主人として認めてくれたのは嬉しく思うが、アレクシオは、どうしろというのだと問いつめたい。——自分は、妻に恐れられているというのに。


夫婦となり、初めての夜のこと。寝室に行くと、リオはソファーで寝てしまっていた。

少し残念に思いながらも、彼女をベッドに連れていくべく、抱き上げようと体を近づけた途端、彼女は目を覚ました。

そして、突き飛ばされたのだ。突き飛ばすというには弱いものだったが、同時に悲鳴を上げられたことに、アレクシオは何よりショックを受けた。

（……リオはずっと、平気そうだったのに。やはり、自分のことが怖いのか？）

慌てて謝られたが、一生懸命取り繕《つくろ》うリオを見ていられなくて、サイドテーブルにのった酒に目を向けた。すると、テーブルの上に、外された結婚指輪を見つけて――愕然《がくぜん》とした。

(外した？　結婚指輪を、なんのために？)

給仕をしようと申し出るリオの声も、震えていた。

(……オレが、怖いのか？)

「あなたを害することなど決してない」と、アレクシオは神にでも誓える。けれど、直接リオに怖いかどうか問いかけることができない。

アレクシオは、苦い酒を口に含んだ。

すると、リオが焦ったように動き、テーブルの上の指輪をさっと取り上げた。

自分が戻ってくる前につけておくつもりだったのだろう。しかし、アレクシオがいないときは、外しておく気なのか。

いやいや指輪をはめる妻の姿を見たくなくて、アレクシオはまた酒を呷《あお》った。

結婚式中の幸せな気分など、とうに吹き飛んだ。不安と猜疑心《さいぎしん》でいっぱいなのに、それを口にすることさえできない。

自分を突き飛ばした理由も、指輪を外した理由も、聞いてしまえばいいのだと、アレクシオはわかっている。もしかして、なんてことのない理由かもしれない。

アレクシオがテーブルの上の氷に手を伸ばすと、隣でリオがびくっと動く。

(――なんだ？)

目を向ければ、リオが胸の前で両手を握りこんで震えていた。

「ち、ちがうんです。これは、ちょっと驚いただけで」

やはり、とアレクシオは心の中でうなずく。

(リオは、オレのことが怖いのだろう。好きでもないのに結婚したのは、公爵夫人になりたかったからか……)

まったく考えなかったわけではないが、これが真実なら自分はなんて愚《おろ》かなのか。

(リオ、リオ。あんなに嬉しそうに笑ったじゃないか。見つめると真っ赤になって、オレに触れられても拒否しなかっただろう？　潤《うる》んだ瞳で見つめられれば、勘違いもするさ。――どうして、どうして、どうして！　怖いなら、先に言ってくれればよかった。そうしたら、こんなに愛する前に終わらせることもできたのに)

アレクシオの我慢は、限界に達した。

「もう、無理だ」

しぼりだすような声が、アレクシオの口から漏《も》れる。

気がつけば、彼はリオの唇をむさぼっていた。少し冷えてしまった、小さな愛《いと》しい妻の唇を。

「はあっ……、ん、んっ」

色っぽい声が聞こえ、理性が焼き切れる。

アレクシオは自分に縋《すが》りついてくる妻を口づけだけで翻弄《ほんろう》していく。

強引にされているのに、リオは自分に縋《すが》ってくる。求められていると勘違いしそうだ。

――しかし、彼女は突然叫び、アレクシオを拒絶した。

リオの顔がこわばり、涙を浮かべる。恐怖の表情だった。

その上、氷をかけられ、おびえられているとわかったショックは、言葉にできないほど大きい。

「後悔しても、もう遅い」

そしてもう止まることのできない彼とつながり、事を終えると、リオは涙を流したのだ。

以前は感じたはずの愛がそこにないとわかり、アレクシオは絶望する。しかし、もう結婚してしまった。簡単に関係を解消することなどできないのだ。

おびえる顔を見たくなくて、リオから目をそらし続けた。

「次は、来月だ。妊娠しておらず、月のものがくれば、また抱く」

次も存在するのだと、アレクシオは宣言した。たとえ、リオが仮面夫婦を望んでいようと、妻となった限り、義務は果たしてもらわなければならない。

二人の寝室から自分の部屋へ入り戸を閉めた瞬間、かすかなリオの泣き声が聞こえた。


次の日、アレクシオは一睡もできないまま、王城へ上がった。

結婚式翌日から三日は休みを取る予定だった。しかし出勤した彼の姿を見た部下たちは、驚きながらも何も聞かず、数々の仕事を回してくる。

逃げてきたのは自分だ。仕事に向かえるのは、逆にいいのかもしれない。

リオの悲しそうな顔も、おびえたような瞳も見るのがつらくて、一週間屋敷に帰らなかった。

すると、家令から怒りの伝令が届いた。『そろそろ帰ってきなさい。本日は、必ず夕食を屋敷でとられますように』と。どうして命令口調なのかと首をひねりつつ、アレクシオは帰ることにする。

さすがに帰らねば……リオと顔を合わせなければならないと、思っていた。

屋敷でアレクシオを出迎えてくれたリオには、おびえの色は見えない。

ただ、リオは一回り小さくなっていた。元々小柄な彼女が痩《や》せて、ドレスが緩くなっているのがわかる。

普段の生活が知りたくてたくさん話しかけると、幸せそうな微笑みが返ってくる。次から次へと質問しても、彼女は何も問題ないと笑った。

問題ないのなら、どうしてそんなに痩《や》せてしまったのだ。

アレクシオは、彼女が心配で毎日ともに夕食をとるようにした。

リオは給仕に申し訳なさそうにしながらも、小鳥ほどしか口にしない。

彼女はさらに痩《や》せていく。どうすればいいか、アレクシオにはわからなかった。

食べろと言っても、リオはお腹が空《す》いていないという。

（本当に空腹を感じていないのか？　体が食べものを欲さない。それはつまり、死へと向かっている？）

体はどう見ても異常な状態なのに、リオの表情はいつも幸せそうだ。

どういうことか、彼女が何を求めているのか、さっぱりわからなかった。

そしてついに、ある日、アレクシオはリオが眠れていないのではないかと感じた。

隣室から夜中、気配を感じるのだ。ずっと泣いているようである。

寝室に入る権利はあるのに、アレクシオはリオの反応が怖くて立ち入ることができなかった。

数日後、いつもの時間にリオが起きてこなかった。

寝室に入ると、浅い呼吸を繰り返しながら眠るリオの姿がある。その顔の青白さを見て、アレクシオは決断を下す。

ついに、医術士に頼ることにした。ここ二、三日で、彼女はさらにやつれてしまった。

下された診断は、アレクシオが想像していた通り、栄養失調と過労、そして睡眠不足。

彼女は診断に、とても驚いていた。自覚はなかったらしい。それならどうして食事をとらなかったのか。聞きたいのに、アレクシオののどからは声が出なかった。

それからも彼は、毎日屋敷には帰った。しかし遅い時間に帰り、早い時間に出るという生活に戻す。自分が近くにいない方がストレスも減るだろうと配慮したのだ。

どんなに遅い時間になっても、毎晩、リオの顔色を見るためだけに帰った。眠る姿しか見てはいないが、日に日に回復していっているようだ。

(オレが毎日帰るから、痩《や》せていったのか？　毎日一緒に食事をするのは、そんなにストレスだったのだろうか)

そんな自虐的《じぎゃくてき》な考えが頭をよぎった。ストレスの原因が自分ならば、できるだけリオと関わらない方がいいのではないか。

そう考えたが、使用人が揃ってすすめるので、アレクシオは時々リオと夕食をとり、様子を聞いた。

リオの食事はまだ少ないと感じる量だったが、朝も昼も食べていると家令から報告が上がっている。

自分との食事がストレスになっているようには見えないから、もう少し夕食をともにする回数を増やしてもいいだろうか。

アレクシオは、ようやくリオの体調が落ち着いて安心する。しかし、体が元に戻っていくにつれて、どことなく寂しそうなリオが気になっていた。


リオとアレクシオの結婚式から、三月《みつき》が経った。

他国からの来賓《らいひん》で一人だけ、サンフラン王国に残っている客がいた。隣国アレス王国の第二王子、クリュレ・アレス王子である。王太子の結婚でもないのに、他国の王子が結婚祝いに来るなど異例だ。

しかしこの来訪は、クリュレ王子を非公式にサンフラン国王女に引き合わせるため。いわばお見合い的な意味合いで来たというのが、本当のところだった。

……しかし、上手《うま》くまとまらなかった。

「王女はさ、あの、おどおどした態度が非常にイラつくんだよね」

「左様ですか」

金髪に紫の瞳をしたクリュレ王子は、美しい見た目の一方で、気性が荒い。

そしてサンフラン王国の王女殿下は、幼い頃から知っているアレクシオにさえ、未だおびえる。国王陛下は婚約させせたかったようだが、お互いにまったく合わない。政略結婚ならば無理やり添わせることもあるだろうが、そこまでするほどの理由はなかった。

ただ、サンフラン王国とつながりを持ちたいというクリュレ王子の希望により、彼は何度かアレクシオが探した適当な相手と会うことに。およそ三月《みつき》滞在してもらったものの、残念ながらなんの成果もなく、国境へ送ることになった。

名目上、クリュレ王子はアレクシオの結婚へ祝いの言葉を述べにわざわざ来てくれたのだ。アレクシオは見送る役目を仰せつかることになる。

国境までは順調に行けば、馬車で半日かからない。午後に出発し、夜遅く戻る予定だった。

しかしあいにく、その日は嵐の予報が出ていた。

「閣下、夜は嵐になると天候予報局が。出立を明日にした方がいいのではないかとのことですが」

「ああ、じゃあ、早めよう。夜までにアレスに戻れば、どうとでもなる」

アレクシオが答える前にクリュレ王子は伝令に答え、さっさと準備をはじめる。

伝令はぎょっとしてアレクシオを見てきたが、嵐の中を帰途につくこちらのことを考えてくれなどと、王子殿下に言えるはずもない。あまりに危険だと判断すれば、宿を取ろう。

――本音を言えば、アレクシオも早々に、この任務を終わらせたかったのだ。

クリュレ王子がいると、仕事が増えて家に帰れない。

自分と接しない方がリオにはよいのかと思いつつ、アレクシオ自身は彼女との時間を持ちたい。

この面倒な王子を早く手放したくてたまらなかった。

アレクシオは出立前、所用のため屋敷に戻らなくてはならない。

「殿下、私は少し屋敷に戻ってまいります」

「ああ、そうか。だったら、アレスに帰る途中に屋敷へ寄ればいい。どうせ、通り道だろう？　私は馬車の中で待っている」

（この王子、バカだろう）

アレクシオは本気で腹が立った。隣国の王子を待たせながら用事を済ませられる人間が、どこにいる。オブラートに包んでそう言っても、「気にするな」としか返ってこない。

アレクシオはあきらめて、彼の言う通りにした。

サンフラン王城を出て数分後、アレクシオの屋敷に着く。

「絶対に馬車から降りてこられないように、お願いいたします」

殿下が降りてきたら公爵家として歓迎しなければならない。使用人を集めたりお茶を振る舞ったりと、余計な時間がかかるのだ。

王子を馬車で待たせるのは不敬ではあるだろうが、本人がいいといっているのだから、よいだろう。

「おう」

軽い返事に不安を抱きつつも、アレクシオは玄関へ向かった。

出迎えてくれたリオは、自分のために食事を用意してくれたという。頬にキスをすると、恥ずかしがりながらも嫌がっていないようである。

もう一度しても怒らなさそうだとリオの頬に手を添えようとしたところで、後ろから声をかけられた。

「お話中、失礼します。長官。殿下がお待ちです」

無粋な言葉に、リオは表情を固くする。

残念ながら、もう行かなければならない。出立の挨拶《あいさつ》をしようとすると、リオは真っ青な顔をして震えていた。

「どうした？　顔が真っ青だ」

この一瞬の間に何があったのだろう。気になったが、王子殿下は早くもしびれを切らしているようだ。彼が馬車から降りてきては、せっかく早めに出立したことが無駄になってしまう。

アレクシオは思わず悪態《あくたい》をつく。

「あの野郎」

思わず、口からスラングが飛び出す。軍隊で覚えた言葉だが、その言葉が耳に入ったらしい家令に厳しい目で見られ、慌てて口を閉じた。

もどかしさに歯噛《はが》みしながら、「夜には帰る」とリオに伝えて馬車に戻る。

(嵐など知ったことか)

ほかの者には宿を取ってやるかわりに、帰りは別行動にしよう。

今夜は、リオと話をしなくては。

アレクシオは馬車に戻ると、リオが用意してくれた食事のバスケットを座席に置く。すると、後ろから来た侍従に水筒を渡され、車内に向き直ると――

「なんだ、これは。ものすごくうまいぞ」

「妻の手料理だそうです……って、何、勝手に食べてるんですか！」

クリュレ王子殿下がバスケット内のものを食べていた。

「腹が減ったんだ」

(昼食も取らずに先を急がせた、お前のせいだろう！)

アレクシオは、そろそろ怒鳴りたくなる。

「いいじゃないか。お前は帰れば好きなだけ食えるんだろう？」

(これが……最初で最後かもしれないじゃないか)

情けない考えが頭をよぎるが何も言わず、バスケットの中から紙に包まれたものを取り出す。

これは、アレクシオと食べようと思って作ってくれたものだろうか。アレクシオを怖いという思いは、少しは薄れたのだろうか。慣れていけば、少しずつ、歩み寄ってくれるかもしれない。リオの手作りの食事に、そんな希望が湧き上がった。

同乗した侍従が、スープが入っているという水筒から、カップに注《つ》いでくれる。

「へぇ！　なるほど。こうすればスープを簡単に持ち歩けるってわけだ。妙なこと思いつくものだな」

アレクシオもそう思う。水筒は水を入れるものだ。

「殿下、途中に昼食を準備させております」

『だから、これはオレのものだ』という意味合いを含めて言っても、王子はまたもやバスケットの中身を漁る。そしてこうのたまった。

「お前の嫁が婚約者だったらよかった」

「は？」

「かわいくて、にこにこ笑って明るかっただろう。オレが挨拶《あいさつ》しても、物怖《ものお》じしなかった」

結婚式で会ったときのことを言っているのだろう。あろうことか王子は、リオが非常に愛らしくて、欲しくなったとまで抜かした。

「しかも、料理上手で機転も利《き》く。これなんか行軍の際に持っていけば、兵の士気が上がりそうだ」

他国の軍長官に向かって、この王子は何を言っているのだ。アレス王国は、こんなのをよく他国へ差し向けたものだ。はっきり言って、非常に不快だった。

「離婚しな……」

「しません」

殿下の妙な発言に、アレクシオはかぶせるように返事をする。

「ちぇ。まあ、そうだろうなあ。じゃあ、これの作り方を教えてくれ」

「知りません」

「えぇぇ～。ケチだな」

そんなことを言われても、アレクシオだって今初めて見た料理だ。

『サンドイッチ』という料理は、驚くほどおいしかった。馬車の中で食べられるというので、携帯食のような乾きものを想像していたのだが、まったく違う。

パンらしきものも、それに挟まれている柔らかい肉も、どうやって作ったのかさっぱりわからない。こんな状態の肉は食べたことがなかった。

「もしも嫁に逃げられたら、まずオレに教えてくれ」

真面目な顔で言う王子を睨《にら》みつけながらも、アレクシオは先ほどのリオの様子を思い出し――

「……逃がしません」

決意のような思いを吐き出した。


王子殿下を国境へ送り届けると、アレクシオは侍従を連れて宿を貸してくれるという国境付近の領主の屋敷へ向かう。出立を早めたものの、昼過ぎから風が強くなり進行速度が落ちて、予定より遅い到着となっていた。あたりはもう薄暗くなりはじめている。

「今晩は、私の屋敷でお休みください」

「ありがとう。部下たちは明日の朝までそうさせてもらえると助かる。私は急用があってな、今から戻る」

「今からでございますか？　では、馬車を……」

「いや、いい。馬で駆ける。この嵐では、馬車が横転しかねない」

領主は心配そうにしながらも、うなずいた。そして、アレクシオができる限り安全かつ迅速《じんそく》に王都へ戻れるよう、手配をはじめてくれる。

「では、馬を出しましょう」

「すまない。ありがたく思う」

馬に乗って領主の屋敷を出ると、風が吹き荒れ、スピードは出せないような状況だった。

おとなしい馬は、強い風の中も嫌がらずに淡々と足を進める。もう少し風が弱かったら、足の速い馬で駆け抜けられただろうが、馬が天候を怖がらなくてかなり救われる。

そうしてアレクシオは、なんとか無事に屋敷に帰り着いたのだ。

——大変な天気の中、屋敷へ戻ってきた主人に、家令は冷たい視線を浴びせてくる。アレクシオは彼に、下がって休むよう言った。

湯を浴びて下着姿で自室へ戻ると、執務机の上に軽食が置いてあった。昼間のバスケットに入っていたものと変わらないが、皿に盛られて、野菜が添えられている。

使用人に頼まれれば作ってやるのだ。自分が望んでも、作ってくれるのかもしれない。アレクシオはそう思い、それならば王子殿下にもっと分けてやればよかったかと反省する。

自分の余裕のなさに笑いがこみ上げてきた。公爵ともあろう者が、なんて情けない。

ふと時計を見て、アレクシオはため息をつく。

もう少し早く帰ることができると思っていたのだ。だから、夜には戻るとリオに伝えたのだけれど、彼女が寝る時間などとうに過ぎてしまった。

帰る途中、予想以上に遅くなりそうだと察すると、アレクシオはリオへ『帰らない』と連絡を入れた。遅い時間まで帰りを待たせては、悪いだろう。

しかし、リオの顔を見たい一心で帰ってきた。

ゆっくりと椅子に腰を沈めてサンドイッチを食べつつ、アレクシオは昼間のリオを思い出す。

とても機嫌がいいように思ったのだが、突然、顔を真っ青にしてしまった。あの間に何があっただろうかと考えても、まったくわからない。

気にはなるけれど、寝ているリオを起こす必要はないだろうと思った。

そして、今起こしてしまえば、自分が話すだけでは止まらないことをわかっている。

一週間前、月のものが終わったと報告を受けた。

夜には戻ると伝えたのだから、リオだってある程度察しているだろう。

――もし嫌だと言われても、リオを抱くのをやめることなどできない。

本当は、話をするよりも、リオを抱きたい想いの方が強いくらいだ。何も考えずに済むほどに、彼女を抱きつぶしてしまいたい。

アレクシオは下着姿のままサンドイッチを食べ終えた。それから、夜着を着て妻の寝顔を見にいこうと思ったのだが……、決まった場所に夜着がない。

帰らないと言っても、今までなら、家令が準備してくれていた。

家令を起こして準備させるのはしのびなく、アレクシオはシャツで寝るかと思っていると、ソフアーの背にかけられた夜着のズボンを見つけた。

(下だけ?)

その横のサイドテーブルには、寝酒用のグラスと酒があり、使った形跡が残っている。

誰が——この屋敷で自由にこんなことができるのは、一人しかいない。

どくどくと血が逆流するような心地に陥《おちい》り、何も考えられないまま、体と視線だけが動いた。

そして、ソファーを見て——固まった。茶色くてふわふわの髪が、毛布からのぞいている。

なぜ、部屋に入ってすぐに気がつかないのか。注意力不足だ。それでも軍人かと、心の中で自分を罵《ののし》る。

アレクシオが毛布の中をそっとのぞきこむと、安らかな寝息を立てて、リオが眠っていた。

しかもなぜか、アレクシオの夜着を着て……

「………リオ?」

思わず呼びかけると、リオがぼんやりと反応する。

「あれくしおさま……」

彼女はふにゃりと嬉しそうに笑った。

途端——アレクシオの顔に熱が集まる。

(なんだ、これ。なんだ、この、かわいいの)

誰もいないのに、赤くなったであろう顔を隠すため、片手で口を押さえた。

……叫びだしそうだ。

リオは自分を待っていてくれたのだ。そう確信し、歓喜する。

暴走しそうな本能をなんとかなだめ、できる限り柔らかい声音でささやいた。

「リオ、ただいま」

柔らかい唇にキスをする。

「ん。おかえりなさい」

するっと腕が伸びて、アレクシオの首に巻きついてきた。

リオから、少し酒の匂いがする。寝酒にしているのは強い酒だが、どれくらい飲んだのだろうか。

眠っているせいか、リオに弱々しい力で抱き寄せられて、アレクシオはもう一度口づける。口を離せば、もっとというように、顎《あご》を上げてねだってきた。

キスを繰り返しながら、アレクシオはすっかりその気になってしまった自身につらくなる。

——残念だが、ちょっと時間が必要だ。

このままなだれこんでしまっては、ただ、酔《よ》っ払《ぱら》いに手を出しただけになる。

(トイレへ行こうかな……)

アレクシオがそっと離れようとすると、寝ていたはずのリオが「だめっ」と叫びながら飛びついてきた。

「は、ちょっ?　あぶなっ……」

勢いあまったリオは、ソファーから転げ落ちる。アレクシオはその下敷きになった。

すると、上に乗ったリオがしがみついてくる。

「やだ、やだあ」

リオは突然、アレクシオにしがみついたまま泣きじゃくった。

リオの手を、アレクシオが捕まえる。

「リオ？　どうし……ん、む⁉」

噛《か》みつくように――というか、唇に噛《か》みつかれた。そのまま唇を舐《な》められて、次は舌がもぐりこんでくる。

その間、リオはずっと涙を流している。

「ちょっと、リオ、どうした、起きているのか？」

アレクシオは彼女の頬を押さえて強引に唇を離し、リオの顔を見つめた。

すると彼女は、首を振ってアレクシオの手から逃《のが》れる。そして、またアレクシオの唇に吸いついてくるのだ。

アレクシオとしては、キスされるのは嬉しいが、リオが泣いていることが気になる。

離そうとすれば、おびえるよう子どものように、必死に自分にしがみついてきた。

(もしかして……オレにおびえているわけではないのか？)

寝惚《ねぼ》けていたとしても、怖がっている相手に抱きつくことはないだろう。

しかもリオは、しっかりとアレクシオの名前を呼んでいる。誰かと勘違いしていることもない。

それならば……と、アレクシオはリオのキスに応《こた》える。するとリオの涙は止まり、官能的な声を漏《も》らしだした。

「ん、んん……はぁっ」

小さな唇から伸びる舌に己の舌を絡ませて、リオの口内を味わい尽くす。

リオの体から力が抜け、アレクシオにもたれかかってくる。

「リオ?」

呼びかけると、彼女はまたしがみついてきた。

何かを怖がっているような気がする。慣れない酒のせいで、怖い夢でも見たのだろうか。

「リオ?　ベッドに行こう?」

「いやっ」

激しく拒否されて、アレクシオの動きは止まる。

彼の思考が暗く沈む前に、リオがしがみついてきた。

「アレクシオさま、どっかいくもん。わたしをおいて、どっかいく」

また涙を流しながら、リオは力いっぱい抱きついてくる。アレクシオは彼女を抱き返し、呼びかけた。

「………リオ?」

「いや。だめ。あれくしおさま、いかないで。なんでもするから。いっぱいがんばるから」

(どこかへ行く?　オレが?　あなたが、オレがそばにいることを、嫌がったのではなかったか?)

そのとき、アレクシオの頭に、家令と使用人たちの顔が浮かんできた。

『旦那様、今日はお帰りではないのですか?　奥様をどれだけお待たせするのです?』

『奥様が寂しがっていらっしゃいますよ』

『奥様は無理をして、がんばろうとされています』

普段はアレクシオに意見一つ言わない侍女でさえ、そう伝えてきていたのだ。

それをアレクシオは、夫婦仲が悪いと外聞がよくないからだと思っていた。アレクシオに、どうにか歩み寄れと言っているのだろうと。

『そんなことは、妻に言え。向こうが怖がっているのだから、仕方がないだろう』と、アレクシオは彼らの言葉に苛立《いらだ》っていた。

（オレが、何か勘違いをしていたのか……？）

自分にしがみついてくるリオを見て、涙が出そうになる。

リオの顔が見たくて体を離そうとしたら、彼女は子どものように泣き声を上げた。

「やだ、やだあああ」

精一杯の力で首に腕を回すリオは、離れたくないと体中で叫んでいるみたいだ。

しまったと思いながらも、アレクシオの顔が緩む。こんな顔は、誰にも見せられない。

妻に泣かれたまま縋《すが》りつかれてにやついている自分など、気味が悪い。

自己嫌悪もある。経緯はわからないものの、リオが無理をしていたのは自分のためだったらしい。

拗《す》ねて誰の意見も取り入れなかった、自分の未熟さが招いた事態だ。

リオは、どれだけ苦しんでいたのだろう。

後悔と――しかし、それを上回る喜びに、アレクシオはひたった。

「リオ、オレはどこも行かない。不安なら、リオを抱きしめたまま眠る。ほら、ベッドへ行こう」

背中や頭を撫《な》でながら優しく言って聞かせれば、リオはもぞもぞと動く。

アレクシオが体を離そうとするとまた泣くかもしれないので、そのまま彼女の体を撫《な》で続けた。

すると、リオが顔をのぞきこんでくる。真っ赤になってしまった瞳は、焦点が合わないのか、ぱちぱちと瞬《まばた》きを繰り返していた。

(これは完全に寝ぼけてるな。しかも、結構酔《よ》っている)

リオは、首をかしげて聞いてくる。

「いっしょにねる?」

「一緒に寝よう?」

子どもっぽいリオの仕草を真似して誘えば、彼女は花がほころぶように笑った。

そうだ。この笑顔が見たかったのだ。

「うん」

ふっとリオの体から力が抜け、アレクシオの体の上に落ちてくる。

抱きとめると、すぐさま寝息が聞こえはじめた。

(今夜は、このまま寝よう)

アレクシオはリオを抱きしめてそっと起き上がると、ベッドへ連れていく。

一緒の布団に入り、リオを抱きしめたまま眠ろうとする。自分も疲れているし、すぐに眠れるだろうと思ったのに——

「ふへ～。あれくしおさま、すき～」

リオが、アレクシオの尻や腰を触りながら、胸に頬擦りをしてくる。

これは、襲《おそ》ってもいいということだろうか。

幸せそうに笑うリオは、確実に寝ぼけている。というか、明らかな酔《よ》っ払《ぱら》いだ。

初めての告白を、酔《よ》っ払《ぱら》った妻から聞かされるとは思わなかった。

同じ言葉をリオの耳に吹きこめば、甘えるようにすり寄ってくる。

……睡眠不足も体調不良に含まれている。そう、睡眠は大切だ。

しっかり休ませないといけない。それがわかっているから、アレクシオは先に休んでいいと連絡をしたのだ。今のリオは、ゆっくり寝ている状態なのだろう。それを阻害することなど、夫としてしてはいけない。

大きくため息をついて、アレクシオは今日の睡眠をあきらめることにした。

そして、柔らかなリオの体を包みこむように抱きしめる。

軍で培《つちか》われた忍耐力が遺憾《いかん》なく発揮された一夜だったと、後にアレクシオは語ったのだった。

◇

まぶたの向こうに、光を感じる。朝だ。

久しぶりにすごくよく眠れた気がする。

リオは、寝惚《ねぼ》けた頭で考える。今日は朝から家庭教師が来る予定だ。公爵夫人にふさわしい手紙の書き方を教えてもらうことになっている。

公爵夫人は、礼状や手紙を書く際、礼儀を踏まえた上で粋《いき》な言葉選びをしなければならないという。リオの選ぶ言葉は、高位貴族にふさわしくないと家庭教師に言われていた。

「商人風の文章ですね」と。

カーディ商会の仕事を手伝ったことのあるリオには心当たりがありすぎるので、公爵家の恥にならないようにしっかりと学ばなければならない。リオにとって重要な課題の一つだ。

だから早く起きなくてはいけないとわかっているが、今日はなぜか目を開けるのがすごく惜しい。

(まだ、もうちょっと、こうしていたい)

目の前に温かいクッションがあるらしい。リオはそれに頬を押しつけた。

少し硬いけど、気持ちがいい。腕を回して抱き寄せようとするが、クッションはとても重かった。まったく動かない。眉間にしわを寄せ、リオは腕にぐっと力を入れる。

すると、クッションの方からリオを抱き寄せてくれた。

(そうか、私が近づけばいいのね)

なんて簡単なことに気がつかなかったのだろうとくすくす笑うと、頭の上の方から声がする。

「起きたか？」

……………空耳だ。空耳に違いないと、リオは自分に言い聞かせる。

(まだ寝てます。ぐっすりです)

心の中で答えたら、頭のてっぺんに柔らかいものが触れた。

クッションから伸びた腕が、リオのおしりの方に回り、いたずらをはじめる。

「え、え？　あ、やあんっ」

素肌に直接触れた手に驚いて、リオは目を開けた。

クッションだと思っていたものは、肌色の壁だった。

「……あれ？」

「おはよう」

笑みを含んだ声が降ってきて、リオは顔を上げる。

壁には、アレクシオの顔がついていた。――そんなわけがない。

「ひゃあああ！」

リオは両腕を突き出してアレクシオを突き飛ばした……つもりだったが、彼は少しも動かない。

そのかわり、自分の方が後方へ飛び、ベッドの端まで移動した。

アレクシオはおもしろそうに微笑み、そんなリオを眺めている。

久しぶりに見る彼の笑顔に見とれそうになるものの、そんな場合ではない。緊急事態だ。

「なんで、上半身裸なんですか!!」

「そっちを先に気にするのか」

なんだかあきれたような目で見られた。だって、最重要事項だ。

「リオがオレの夜着を着ているからだ」

何を言われたのか、一瞬意味がわからなかった。しかし、自分の姿を見て心の中で絶叫する。

(なんて格好しているの、私は！)

リオはようやく昨夜の自分を思い出した。

(アレクシオ様の夜着の匂いを嗅《か》いだり、毛布にくるまってみたりしたわ！　私ったら——なんてことを！)

いくら寂しいからって何をしているの、と自分にツッコミを入れる。

(さらに、そこにあったお酒を飲んで……？　顔がすごく熱くなった上に眠くなって、ソファーでそのまま寝た。……馬鹿か！　その前に変態っぽい！)

絶対気づかれないことを前提でやったのに、まるで隠せていない。がっかりすぎる。

「……あれ、えっ、な、なんでネグリジェ着てないの～？」

よくよく見ると、リオは素肌にアレクシオの夜着だけをまとっている。しかも下着も穿《は》いていない！

「二枚も着ていたら寝苦しかろうと思って、脱がした」

アレクシオが、事もなげにのたまった。

(なぜ、夜着でなくネグリジェの方を脱がせるのです⁉　しかも下着は関係ないでしょう⁉)

様々な言葉が浮かぶが、声にならず、リオは口をパクパクさせる。

するとアレクシオは、にやりと笑って言った。

「リオはそれが着たかったのだろう？」

（ええ、着たかったです！　そりゃあもう、着たかったんですよ！　でも、内緒でね！　……内緒でだからね！　大事なことだから二度言いましたよ！）

心の中では大騒ぎだが、やはり声にはならない。

しかもこんな失態を見られてしまっては、顔を合わせるなんて無理。変態ここに極まれり、状態を見られてしまったのだ。

リオは両手で顔を覆《おお》い、布団にもぐりこむ。

絶対に、嫌われてしまった。引く。絶対に引かれた。淑女《しゅくじょ》が何しているのかと、自分でも思う。

ちなみに、『あれ、あなた淑女《しゅくじょ》でしたっけ？』というツッコミは受けつけない。

「リオ？」

いぶかしげな声でアレクシオに呼ばれたが、返事をする気力もない。このまま放って、出ていってくれないだろうか。そんなことになったら、やっぱり泣いてしまうけれど。

布団の中で丸くなろうとしたところで、アレクシオに布団から出されてしまう。

目をぱちくりさせていると、拗《す》ねたような表情のアレクシオが顔を近づけてきた。

「一晩我慢したんだ。相手をしてくれ」

気づけば彼の腕の中で、口づけを受けていた。その心地よさに身をゆだねてしまいたい。

けれど、すべきことは先にしなくてはいけないだろう。

唇が離れるタイミングで、リオはアレクシオと目を合わせながら謝った。

「ごめんなさい……勝手に、お部屋に入りました」

「ん、いいよ、別に。好きに入ったらいい」

怒られることを覚悟していたのに、予想外の許しを得てしまい、リオは驚いて目を瞬《またた》かせる。

「で、でも……勝手に、アレクシオ様の服を着て……」

「ああ、それもかまわない。オレのものでリオが扱っては駄目なものなど、何もないよ」

くっくっくと笑いをこらえるような声を漏《も》らし、アレクシオは肩を揺らした。

(なんだか、おもしろがられている気がする……)

リオは首をかしげて、本当にアレクシオが怒っていないのか確かめようと、彼の目をじっと見つめる。すると、またキスをされた。

唇を啄《ついば》まれたり、ちょっとだけ噛《か》みつかれたり、彼の舌が絡みついてきたり。

緩急をつけて与えられるキスに煽《あお》られて、リオの口から荒い息が漏《も》れる。

さらに、リオの体のあちこちをアレクシオの手が、好き勝手に這《は》い回った。

それに反応して、体がぴくぴく動いてしまう。夜着の前をはだけさせようとする彼の手を押さえこんで、リオは叫んだ。

「アレクシオ様っ、明るい！　今、朝っ」

今更《いまさら》だ。しかし、リオにアレクシオがしっかりと見えるということは、彼からも見られているということ。それは恥ずかしい。

キスの合間にリオが申し立てるが、アレクシオは気にした様子もない。

「昨夜は我慢できずにいろいろしようかと思ったのに、何をしても起きなかった」

彼は不満げに口をへの字にし、リオを責めるように言った。

（そんなの知らない。何をしてもって……一体、何したの～～⁉）

リオは軽くパニックを起こしたが、何を言おうにも言葉にならない。その間も、アレクシオの攻めは止まらなかった。

「ひん、あっ、あっ」

夜着の前は開き、アレクシオの唇が胸の先端に触れる。

先端をぺろりと舐《な》められて、リオの体はぴくんと跳ねた。

その反応に気をよくしたのか、彼は何度も何度も胸を舐《な》める。

（違う、違うの。もっとちゃんとしてほしい）

心の中では思っても、そんなことを言えるはずがない。リオはアレクシオの髪の毛を掴み、緩やかな快感に耐えていた。

「リオ、どうしてほしい？」

「ん、ん！」

胸元から見上げてくるアレクシオに、そんなことは言えないと、首を横に振る。

アレクシオの舌が、ちろちろと胸の上で動く。彼の右手は、もう片方の乳房を揉《も》みしだいた。

大きな手の中で小さな乳房が形を変える卑猥《ひわい》さに、めまいがしそうになる。

唇を噛《か》んで涙をこらえるリオに、アレクシオは困ったように笑う。そして、「まだ口に出すのは恥ずかしいか」とつぶやくと、ぱくりと先端を口に入れた。

「あぁぁんっ」

望んでいた快感に、リオは背をそらして悲鳴を上げてしまう。意図せずアレクシオに押しつけるようになった胸を、彼は啄《ついば》む。胸を執拗《しつよう》に嬲《なぶ》られ、しびれるような感覚に、リオはどうしていいかわからず彼の髪をぎゅうっと握った。

リオの胸をいじっていたアレクシオの右手は、そろそろと下へ移動する。そして初夜よりも細くなった腰回りを撫《な》でた。

びくんと、リオの体がこわばる。

アレクシオの右手が、確認するように腰回りを撫《な》でまわす。

(初夜よりは、まだ細いはず。あの頃よりは……)

ダイエットはやめたが、今は連日のマナーやダンスのレッスンで、それなりに運動をする。食べものにも気を遣《つか》っていたから、肉は以前のようにはついていないはずだ。

(だけど、だけど、お腹の肉を気にするように触られるのは、いやー!)

「やだああ」

こらえきれず、リオは急に泣き出してしまう。アレクシオの手を退《ど》けようと抵抗しはじめたリオに、アレクシオは驚いて顔を近づけてくる。

「リオ？　嫌なのか？」

快感に対するものとは違う泣き方だと、気がついたのだろう。彼は心配そうな顔になる。

アレクシオはリオを抱き寄せて、頭を撫《な》でてくれる。だけど、腰に回った彼の手は、お腹のあたりを気にしているように感じた。

「ばかあ。どうせ、どうせ、太ってますもの！　もう、触らないで！」

リオは腰に回ったアレクシオの手を叩いた。しかし、さっきまでの快感のせいで力が出ない。ぺちっというかわいらしい音が響く。威力が弱いことはわかるものの、これが精いっぱいだ。

「太ってる？　リオは痩《や》せてしまっただろう？　もう少し太った方がいいくらいだ。ことか、初めての夜よりも減っている」

彼はふにふにとリオの脇腹の肉をつまみながら、眉間にしわを寄せて、諭《さと》すように言ってくる。

「リオ、どれくらい、痩《や》せたんだ？　結婚したときはもっと柔らかかったはずだ」

腰回りから太ももを撫《な》で、最後に頬に手を添えられた。

「……アレクシオ様？」

そのまま唇を啄《ついば》まれながら、リオはアレクシオの顔を驚いて見つめる。

「ん？」

不思議そうに返事をしたアレクシオの顔は、今話した内容が嘘ではないと物語っている。

「アレクシオ様は、太った子が好みですか？」

リオの質問に目を瞬《またた》かせて、アレクシオは「いや」と返事をした。彼の答えに、リオは憤慨する。

「じゃあ、私、太っちゃだめじゃないですか！」

アレクシオがデブ専である可能性に、ちょっと喜んでしまったというのに。

アレクシオは、ふたたび涙がにじんできたリオの目元にキスをしながら、焦ったように言う。

「リオは太ってない」

「太ってます！　初めての夜、あんな、あんなに、お腹の肉を掴んだくせに～～っ！」

リオはやつあたりで、アレクシオの引き締まった腹筋にぺしんぺしんとパンチを叩きこむ。

しかし彼は痛がるどころか、気にすらしていない。

「掴んだ……か？　よく覚えていないが、すごく触り心地がいいと感じた気がする」

「ばかあ！」

彼から逃《のが》れようと体をよじるリオを捕らえて、アレクシオは優しく抱きしめた。

「リオはどこも柔らかくて気持ちいい。リオが太っていても痩《や》せていても、どちらでもいい。リオがリオなら、それだけでいい」

リオは、ひゅっと息を呑みこむ。

彼女に言い聞かせるように、アレクシオは優しくゆっくりと言葉を紡《つむ》いでいく。

「でも、体を壊すのはいけない。顔が青白くなるのも好きじゃない。痩《や》せすぎたら心配する。病気にならなければ、太っていてもオレはかまわない」

アレクシオはそうささやいて、リオの反応を見るように顔をのぞきこんだ。そしてにっこり笑い、リオの顔中にキスを降らせる。

そしてアレクシオはリオの体に手を這《は》わせはじめた。

リオは快感に呑みこまれそうになり、慌ててアレクシオの手を引く。

「アレクッ……シオ様」

返事がわりのように、唇にキスをされた。

「好き、好きなの」

言った後に、リオは後悔する。こんなふうに、押しつけるように言うつもりはなかったのに。

「ごめんなさい。大好きなの。ごめっ……ごめんなさっ……」

涙があふれてきた。本当ならば、自分は好きな人の幸せを祈って別れを切り出すべきだ。

リオの記憶の中にある物語だって、みんなそうだった。

王女殿下とアレクシオの恋物語において、自分はいわゆるヒロインのライバルキャラ。そのポジションだとしても、自分の気持ちを押しつけて、アレクシオを無理やり引き止めるようなことはしたくないと思っていた。

だけど現実は、相手を思って笑顔で送り出すことなど、リオにはできなかった。

泣きながら好きだと、離れたくないと駄々《だだ》をこねている。

リオは自分から身を引くことはできない。身をもってそれを知った。

だから、アレクシオに引導《いんどう》を渡してもらわなければならない。思いきり拒絶して、離婚しようと言ってもらわねば。

「リオ？　何に謝って……」

戸惑うアレクシオに、リオは話を続ける。

「本当に好きで、ごめんなさい……っ！　私、離婚、したくないけどっ……！」

「離婚!?　しないぞ、そんなこと」

アレクシオが驚いた様子で言う。

「……本当はしたいけど、我慢しているんでしょう？　アレクシオ様は、王女殿下と結婚したかったんでしょう？」

言葉にすると、さらに涙があふれてきた。

泣きやもうと思えば思うほど、しゃくり上げるような声が出て、ちっとも涙は止まらない。

「はあぁぁぁぁぁあ!?」

アレクシオが大声を発したことで、リオの体がびくりと揺れる。

リオは咄嗟《とっさ》に、彼の腕に添えていた手を離した。

すると、離れようとしたリオを、アレクシオが抱き寄せる。

リオは抱き寄せられたことに安心して、一層泣いた。

「リオ、話を聞いて」

リオの背中を優しく撫《な》でながら、アレクシオはささやく。

拒絶してもらわなくてはいけないのに、恐怖心が勝ってしまう。リオは聞きたくないと首を振り、彼に一層強くしがみついた。

この腕を振りほどかれるくらい冷たくされない限り、リオは彼から離れることなんてできない。

アレクシオは、そんなリオを抱きしめて、笑う。

どうして笑っているのだろう。訳がわからなくて、リオは顔を上げた。

涙でにじむ視界の中で、アレクシオはやはり笑っている。とても、嬉しそうに。

「リオ。俺は望んで、リオを妻にしたんだ。ほかの女性なんて見ていない。リオに出会ってから、ほかの女性を好きだったことなど一瞬だってないよ」

何度も名前を呼ばれて告げられる、甘い言葉。その意味がようやくリオの頭に届く。まだ事態を把握しきれないリオは、ぼんやりとアレクシオを見上げた。

「リオ、好きだよ」

甘くささやかれた言葉に、あふれ続けていた涙が止まる。

信じられずに、リオは眉を寄せた。聞き間違いかと思ったのだ。

「リオだけが、好きだよ」

アレクシオはもう一度、微笑みながら至近距離でささやいてくれる。

その言葉は、ゆっくりとリオの心の中にしみこんできた。

「……ほんとう？」

（……だって、信じられない。王女殿下のことは？　それに私、嫌われていると思っていた。優しいからいつも私を心配してくれるけど、結婚したことは後悔してるんだって……）

信じたいのに信じきれない。リオはアレクシオの腕を掴み、困惑のあまりふたたび涙を流す。

「本当だ。どうして王女殿下が話に出てくるのかわからないけれど、リオ以外に好きな人などいない」

リオの頭を撫《な》でながら、アレクシオは真剣な顔で言った。

（――これは、夢？）

心の中で問いながら、リオは現実を確かめるように口に出す。

「アレクシオ様、好き」

「オレもリオが好きだよ」

それを聞いた途端、リオの胸の奥がずくんっとうずき、体中がぴりぴりしはじめた。体が段々と言うことを聞かなくなる中、リオは「好き」と何度も言い、アレクシオに縋《すが》った。

そのたびに、アレクシオが目を細めて、甘くささやいてくれるから。

「好きです、アレクシオ様」

「好きだよ。リオ――愛してる」

アレクシオはリオより先に、その言葉を紡《つむ》いだ。

彼はいたずらが成功したように片眉を上げて笑い、リオに深く深く口づける。

愛を全身で伝えてくれるアレクシオに、リオはこれが現実なのだと実感しはじめた。さっきまでとは逆の意味――喜びで、涙が流れはじめる。

ふと、リオは足の間に湿りを感じた。触れられてもいないのに、突然自分の体に起こった変化が恥ずかしくて、足をこすり合わせてしまう。

体を撫《な》でられるのはさっきまでと同じだけど、リオの体はどこもかしこも触れられるのを待っていて、アレクシオの手が触れれば悦《よろこ》びに震える。体が、さっきよりもずっと敏感になってしまった。

急な自分の変化に戸惑い、リオはアレクシオから距離を取ろうとする。

しかし、アレクシオはそれを許さずに、抱き寄せてキスをしてきた。

「リオ、好きだよ。誰よりも何よりも大切にするから。オレを信じて。逃げないで」

アレクシオの優しい声が、リオの体の奥からさらなる快感を引きずり出そうとする。

「リオ、好きだよ。触れたい。抱きしめていたいんだ。決して傷つけたりなんてしないから」

アレクシオから捧げられる惜しみない言葉の数々に、リオは嬉しくてたまらなくなる。一方でアレクシオの吐息にさえも体が淫《みだ》らに反応してしまい、戸惑った。

「ちょっと、ちょっと待ってください、アレクシオ様」

距離を取ろうとすると、彼は悲しげな表情になる。心が痛むけれど、今は待ってほしい。

自分の体を持て余すリオの耳に、アレクシオはキスを落とす。

「ふぁっ……！」

びくんっと体がしびれてしまう。

「や、待って、待って。なんか、変。変なの」

少しの刺激でも体が勝手に反応してしまい、リオの胸に訳のわからないもどかしさがこみあげてくる。そんなリオを、アレクシオは強く引き寄せた。

「大丈夫。変じゃない。かわいいよ」

リオがアレクシオから離れようとした理由がわかったらしい。彼は嬉しそうな言葉と一緒に、リオの耳に息を吹きかける。

「ふあっ」

それだけで、リオの体は快感に震える。幸せも喜びも、体が快感として拾ってしまう。

「あっ……アレクシオさまぁっ」

舌っ足らずになっていて、恥ずかしい。

だけど、呼びかければキスをくれて、手を伸ばせば握り返してくれる。

抱きしめてほしい。キスをしてほしい。触ってほしい。触りたい。

アレクシオを思うと、してほしいこともしたいこともきりがない。それを相手が叶えてくれるなんて、信じられないほどの幸せだ。

アレクシオは、ゆっくり味わうようにリオの体中にキスを降らせる。

次第にリオは落ち着いて、アレクシオが触れてくる感触に慣れてきた。気持ちいいと、素直に感じられる。リオはアレクシオにギュッと抱きついて、わがままを言った。

「好き、好き。アレクシオ様、大好き。抱きしめてほしいの。いっぱいぎゅってして。離れないで。寂しいのは嫌なの」

リオはアレクシオに向けて両腕を広げる。

「離さないよ。寂しくなんてさせない。リオ」

アレクシオはリオを難なく受け止め、大きな体で包みこんだ。リオはほうっと安堵《あんど》のため息をつく。

アレクシオの手はゆっくりとリオの体を撫《な》で、あやすようにあちこち動き続ける。

そのやわらかい刺激がもどかしくなってきて、リオは腰をひねってしまう。すると、くちゃっと湿った音が鳴った。

アレクシオの動きが、一瞬止まる。

気づけば、リオの体はぐしょぐしょになっていた。アレクシオに触られることが嬉しくて、ここまで自分が濡《ぬ》れているなんて気がつかなかった。

触れられる前に、音で気づかれるなんて――

「ふっ……」

リオはあまりの恥ずかしさに、泣きそうになる。

すると突然、アレクシオがリオの足の間に体をすべりこませた。

声を上げる暇もなく、アレクシオの太い指がリオの狭い秘所に入りこむ。親指で花芽を刺激しながら、一本、二本と指を増やされる。

一度しか開かれていないそこは、潤《うるお》いは充分だけれどまだまだ固く狭い。

「くぅっ……」

リオが苦しげな声を上げたところで、アレクシオは、はっとしたように反応する。

「リオ、悪い。理性が飛んだ」

謝りながらも、アレクシオは指を抜かない。指を曲げたり動かしたりして、リオの様子をうかがっている。その上、もう片方の手と唇で胸を刺激し、リオを翻弄《ほんろう》しはじめた。

「痛い？」

アレクシオが困った顔で聞いてくる。

リオは首を振ってみせる。でも、笑って大丈夫だなんて言えない。眉を寄せ、唇を噛《か》みしめた。

「嫌？」

アレクシオは、今度は心配そうに尋ねる。

嫌なわけがない。そう言いたいのに、リオはくしゃっと顔をゆがめて泣き出した。

アレクシオは慌てて、リオの秘所から指を引き抜く。

「リオ、嫌なら嫌だと言ってほしい。嫌がることはしたくない」

優しく聞いてくるアレクシオを、リオは涙の溜まった目で見上げた。

「からだが、へんなの……熱くて」

リオはアレクシオに縋《すが》りつきながら、自分の今の状態をどうにか言葉にしてみる。

「たくさん、触れてほしいと思ってたの。でも本当に触られると、体中がどきどきして、どうにかなっちゃいそ……っんんん～～！　ちょ、待って、なんでっ、ひゃあああんっ」

リオの言葉をさえぎるように、アレクシオの指がいきなり秘所に入ってきて、さっきよりも激しくかきまぜはじめる。

同時に胸にも唇を落とし、その上、かりっとかじってきた。その痛みさえも気持ちがよくて、あちこちを刺激され、一気に高みまで押し上げられる。

リオの頭の中で何かがはじけて、真っ白になった。

「あっ……な、なんでぇ。アレクシオさまぁ」

アレクシオはぐちゅぐちゅと音を立てながら指を動かし、リオの唇にキスをする。

突然の攻めで、息苦しいまでの快感の渦《うず》に包まれ、リオは助けを求めて彼の頭にしがみついた。

「リオ、自分が何を言っているか、わかっているのか？」

アレクシオは詰《なじ》るような口調で尋ねてくる。

訳がわからなくてアレクシオを見ると、彼は困り顔で「まったく……」とつぶやいた。

優しくキスをしてから、また首筋を唇でなぞっていく。

「ん……んぁ、ん、もっと。もっとして」

リオは離れていった唇に、不満の声を漏《も》らした。

アレクシオは苦笑して、「リオ、もうちょっと、待って」と言う。なだめるように頬にキスをしてから、胸の先端に吸いついた。

（もうちょっと待ったら、もっとたくさんキスをくれるの？）

アレクシオを見ると、嬉しそうに微笑む瞳が目に入る。

「もっと、たくさんキスが欲しいの」

リオが素直に言えば、アレクシオはちゅっと音を立てて軽く唇にキスをした。

「ん。かわいい。だけど、もう余裕がないんだ。こっちに入りたい。駄目か？」

アレクシオの指はずっとリオの秘所を、ぐちゃぐちゃとかきまぜている。

「んっ……だ、だって……そっちは、私、気持ちよすぎて、おかしなっちゃうもの」

指でかきまぜられるだけで、リオは快感に流されていきそうなのだ。もうちょっと慣れるまで待ってほしい。

アレクシオは「本当に、もう無理だ」と苦しそうにつぶやいた。

「こんなにかわいい妻を前に、これ以上待てない」

リオはキスをねだり、アレクシオの頭を引き寄せる。彼はそんなリオに苦笑いしながらキスをして、リオの胸の先端へ吸いつく。

「あっ、んぅ……アレクシオ様ぁ」

アレクシオは唇でリオの体を辿《たど》り、段々と下へ移動する。そして、ちゅっ、ちゅっと音を立てながら、花芽に吸いつきはじめた。

「かわいい。ああ、なんて柔らかいんだ」

一番敏感なところのそばでそんなことを言われて、リオは全身を震わせる。

「そんなところで、しゃべら、ないでぇ」

少し怒った顔をするリオに見せつけるように、アレクシオは舌先で花芽をつつく。

「は、あぁっ……ん。んん、ふぅん」

イったばかりの体は敏感すぎて、びくんびくんと揺れた。アレクシオの髪を掴みながら、押しのけたいのか、もっととねだりたいのかも、わからなくなる。

こんなに開いたことなんてないくらい足を広げられ、アレクシオが秘所に吸いついているのがよく見えてしまう。分厚い大きな舌が、リオの割れ目をべろりと舐《な》めた。

「あぁ、んっ、アレクシオ、さ……、ぁん」

恥ずかしいのに、彼から目が離せない。

リオの蜜をおいしそうに舐《な》めて、愛《いと》おしそうに花弁に指をくぐらせながら、アレクシオは彼女を見る。リオの中に入っていた指をもったいぶるように取り出し、花芽に塗りつけた。

それでも余ってしまうほど指にしたたる蜜を、アレクシオの舌が舐《な》める。

その色っぽさに、リオの体はぴくんと揺れる。

どうしてこうも、素敵なんだろう。

恥ずかしくてどうにかなりそうなのに、もっとしてほしい。広げた足は押さえられていなくても、閉じることができない。そんなリオの姿をアレクシオは満足そうに眺めて、内股にキスをする。

「あぁっ……ん……！」

リオは、与えられる熱に翻弄《ほんろう》されて、足先から頭までしびれるような快感に呑みこまれた。もう、喘《あえ》ぐことしかできない。

「んんっ……！」

快感に支配されて、羞恥心《しゅうちしん》さえどこかへ行ってしまいそうだ。アレクシオに触れられる場所すべてが気持ちがよくてたまらない。

もう限界だと思ったとき、ふわりと抱きしめられた。

「リオ、入れるから、少し我慢して」

無意識に強く握りしめていた手をほどかれ、アレクシオの首の後ろへ腕を回すように促《うなが》される。

彼の首を抱きしめて、リオは幸せがたっぷりこもったため息をつく。

自分を抱く太い腕と熱い肌に安心して、全身の力が抜けた。

「我慢なんて、しない」

リオの言葉に、アレクシオが「えっ」と声を漏《も》らす。リオは、彼の首筋にすり寄った。

今、アレクシオに抱きしめられてほっとする。

抱きしめてほしいと言えなかった初めてのときの自分に、わがままだとしても言ってしまえばいいと伝えたい。我慢なんかしたから、寂しさに囚《とら》われて、本当のことが見えなくなってしまったのだ。

「我慢じゃないもの。アレクシオ様を受け入れるのに、我慢は必要ないわ」

リオは笑っているのに、目には涙がにじんだ。

愛されているとわかってされる行為は、そうでないものとこんなにも違うものかと驚く。体も心も熱くなって、リオはアレクシオに力いっぱい抱きついた。

「大好き。アレクシオ様にされて嫌なことなんて、お腹を触られること以外は……ないわ」

「……っ、もう、リオ、さっきから煽《あお》りまくって……」

アレクシオが荒い息を吐く。困ったような、懇願されるような、色っぽい表情に煽《あお》られて、どくんと、心臓が大きく音を立てた。

くちゅっといやらしい音とともに、粘膜がくっついた。リオの脳裏に、初夜のときの痛みが思い出される。

しかし、アレクシオがこわばったリオの体をなだめるように撫《な》でてくれた。そして顔中にキスをしてくれるおかげで、リオの体から力が抜ける。

「リオ、愛してるよ」

「私も、愛してますっ」

幸せすぎて散り散りになりそうな思考をつなぎ止めて、必死に言葉を紡《つむ》ぐ。

アレクシオが笑顔で、唇をふさいでくる。その途端、下腹部に圧迫感が加わった。

胸をぐっと押されたような息苦しさに、リオはアレクシオに縋《すが》りつく。

眉を寄せて苦しげに息を吐く彼が、とても色っぽい。その表情をもっと見たくて、リオはアレクシオの顔を両手で固定してみた。

「……リオ？」

不思議そうな声で呼びかけられて、はっとする。

（しまった！　萌《も》えすぎて、何をしてるかわからなくなってた）

「痛いか？」

「いいえ、全然です！」

圧迫感はあるけれど、痛くはない。体の中が、アレクシオで埋まってしまったみたいだ。

こんなに幸せなことってないだろう。

「動くぞ」

「はい！」

ムードに合わないリオの元気な返事に苦笑を返し、アレクシオが体を引いた。

圧迫感が減って中から彼が出ていったと思ったら、ズンッとまた押しこまれる。

そのとき、リオの体の奥で何かがうずいた。

「あ、や、おなかが」

お腹が苦しい。でも、首筋がざわざわするような感覚が近づいてくる。

まるで、背中から頭の後ろまで、アレクシオに突き立てられているみたいな感覚。そして、それは怖いほどの快感を連れてくる。

アレクシオはリオの足を抱え、さらに深く突き進んできた。

彼が奥まで入ってくるたびに、リオの胸に熱い想いが募《つの》っていく。

リオは下腹部を撫《な》でた。わかるはずがないのに、彼自身を、お腹の上からも感じる気がした。

「ん、んん……っ。ここにいる気がす……きゃあああぁんっ」

急に激しく奥まで突かれて、リオは悲鳴を上げる。

「……っ、馬鹿」

リオが驚いて彼を見上げると、アレクシオの顔は真っ赤になっていた。

アレクシオの指が、リオの花芽をいじってくる。そのせいでリオの余裕は完全になくなり、頭の中が快感だけで埋め尽くされた。

「ふあぁっ、あんっあっ、あっ……！」

ぐちゅっぐちゅっ――いやらしい水音とリオの嬌声《きょうせい》、アレクシオの荒い息遣《いきづか》いが部屋に響く。

アレクシオは動きながら、リオのつま先を口に含んだ。

「ひゃ、ぁん！」

（だめ、だめ。足にキスなんてしないで。その唇は、私の唇に欲しいの）

そう言いたいのに、リオののどから出てくるのは、意味をなさない喘《あえ》ぎ声だけ。

アレクシオの舌は、リオの足をたどり、ふくらはぎへと動いていく。

「リオ……ッ」

縋《すが》りつくような声で呼ばれて、リオの体が悦《よろこ》びに震える。

「あ、あ、や、だめ。何これ、やぁ、あぁっ……！」

理性を持っていかれそうなほど、大きな波が来る。

怖くて、でも呑みこまれたくて仕方がない。

リオは必死でアレクシオに手を伸ばす。アレクシオは体を倒して、手を握ってくれる。

リオの手が温かさに包みこまれた瞬間、激しい快感が襲《おそ》ってきた。

「ひゃあぁぁぁぁんっ」

悲鳴のような嬌声《きょうせい》を上げ、彼の手を力いっぱい握りながら、リオは波に呑まれた。

◇

リオは、体を拭かれている感触で目を覚ました。

「はれ？」

状況がわからなくて、ぱちぱちと瞬《まばた》きをする。そこで、アレクシオに声をかけられた。

「起きたか。このまま寝るかと思って体を拭いたが、風呂の方がいいか？」

「へ？」

目の前には、何も身につけていない旦那様が、濡《ぬ》れタオルを持っている。

「え？」

視線を自分の体に移すと、リオは裸で、足を大きく広げていて――

「ひやあああああああああ！」

足の近くにいたアレクシオに膝蹴りを入れてしまったのは、仕方がないことだと、リオは思う。

「リオ？」

彼は手で膝を受け止め、にっこりと微笑んでリオに呼びかける。

はっとしたリオは、自分の体を拭いてくれていた彼に失礼だったと、誠心誠意《せいしんせいい》謝った。

しかし――

「謝ったのにいぃ」

「ん？　お詫《わ》びになんでもするって言うから、許しただろう？」

（ええ、言いましたとも。まさか、アレクシオ様がこんなことをお望みになるとは、思いもしませんでしたので！）

リオはアレクシオを恨めしく思いつつ見上げた。目には涙が浮かんでいることだろう。

「そんな顔したら、またその気になるだろう？」

そう言いながら、アレクシオはリオの耳に噛《か》みついた。

リオは、寝室の奥にある小さな湯舟があるだけの簡易的な風呂に、彼と一緒に入っている。リオが眠っている間に、念のためにと侍女が湯を用意してくれたらしい。

アレクシオに仕事へ行かなくてよいのかと聞くと、今日は仕事が休みになったと言った。しかしリオは、強引に休んだに違いないと思っている。

それはともかく、体が動かないリオをお風呂に入れてやろうと言われたとき、自分の耳を疑った。

（公爵閣下が⁉ っていうか、なぜ一緒に⁉）

「あの、侍女に……」

か細い声で言うと、鋭《するど》い視線が飛んできた。

「この状態を、ほかの人間に見せると？」

体が動かない今、リオは誰かの手を借りないとお風呂に行きつくことさえできない。恥ずかしいけれど、手伝ってもらわないといけないのだ。

アレクシオに鋭《するど》い視線を向けられ、リオは白旗を上げる。

「……お願いします」

そうして、アレクシオはリオの体を抱きかかえ、彼女とともに湯舟に入った。痛みのせいで、体を自分で動かせないリオを、アレクシオは懇切丁寧《こんせつていねい》に洗った。

洗ってもらった後、疲労困憊《ひろうこんぱい》で、指一本動かすのも億劫だった。

風呂から上がると、体を拭くことも着替えまでも世話してもらった。着替えでは、下着を着けてもらえなかったのだが。

そして、今日はまだゆっくりしようというアレクシオの提案により、リオは今、彼とともにベッドの上にいる。着ているのは彼の夜着の上だけ。

ベッドのヘッドボードに背を預けるアレクシオの足に、リオは跨《また》がっている。背を彼の胸に預けた状態で、お腹の上にはアレクシオの腕が回っている。

(生尻でアレクシオ様のももに座るとか…………っ！　なんのプレイよ？)

しかも、リオのいじられ続けた体はいつまでもほてっていて、収まる気配を見せない。

というか、こんな体勢で収まるはずがない。

「ん……、はぁん」

ちょっと動くだけで、リオの体は快感にうずく。小さく吐息を漏《も》らすとアレクシオが反応した。

「リオ、一人でしているの？」

彼はきゅっとリオの花芽をつまむ。

「ひゃあん！」

リオはアレクシオを睨《にら》みつけるが、返ってきたのはキスだけだった。

「下着をつけていれば、こっ……こんなことにならないんです！　アレクシオ様だけ、ずるい。私も服を着たい！」

「一人だけ下着を穿《は》いていないのが恥ずかしいのなら、オレも脱ごうか？　こんなに濡《ぬ》れていては何かの拍子に入ってしまいそうだが、まあ、いいか」

アレクシオはそう言って、リオの秘所に指をもぐりこませていく。

濡《ぬ》れそぼったその場所は、抵抗なくアレクシオの指を呑みこんだ。

「入れちゃ、いやぁ」

全身に伝わる快感を、リオはなんとかやり過ごす。

(何かの拍子って何!? アレクシオ様は、しっかりと服を着ていてください。というか、私は服を着たいと言ったのです。あなたに脱いでほしいわけではなく)

心の中はツッコミだらけなのに、リオの口から出てくるのは、意味をなさない喘《あえ》ぎ声だけ。

ぐちゅぐちゅと大きくなる水音に、リオはもう無理だとアレクシオに訴える。

しかし彼から返ってくるのは、嬉しそうな笑み。愛《いと》おしそうに抱きしめられるのは嬉しいけれど、リオはもうへとへとだ。

さっきから、まったく言うことを聞いてくれない彼に、リオは少し怒った。

「アレクシオの、ばかっ！」

呼び捨てにした上で、罵《ののし》る。リオなりに精一杯の、怒りの表現だ。

しかし、効果がないどころか、むしろ逆効果だったようで――

「あぁ、かわいい」

「ん、んんんっ？」

――ぺろりといただかれてしまったリオは、もう一度お風呂に入る羽目になった。

そして、ようやく服を上下で身に着けることができたのである。

気づけば、すっかり昼だ。リオは、「もうベッドにいるような時間ではないから」とアレクシオを説得し、寝室の小さなテーブルセットの前に運んでもらった。

リオは、椅子に座ったアレクシオのももの上にいる。

落ち着かないとか、この体勢はおかしいのではないかとか、異論はいろいろある。しかし、服を着せてもらうことにかなりの力を費《つい》やしたため、それ以外はあきらめることにした。

二度目の風呂から上がると、テーブルには、温かいスープとサラダ、リゾットが置いてあった。

「お腹がすいているだろうと、さっき持ってきてもらった」

いつの間に、とリオは感心する。

侍女たちは、リオの入浴中に素早く準備をして出ていったようだ。

(ちょっと、誰か、旦那様をお諌《いさ》めして。奥様が疲労困憊《ひろうこんぱい》よ)

ひとまず、自分の椅子が旦那様であることは忘れて、リオは食事をはじめようとする。

「いただきます」

コップを手に取り、スープを飲もうとすると……アレクシオが首筋に吸いついてきた。

「リオ、かわいい」

熱くなってしまった耳たぶを食《は》まれて、中に舌を差しこまれる。さらに胸もいじられて――

しかしリオは今、ご飯が食べたかった。

「もっ、だめですっ！　お腹空《す》きました」

抗議するが、彼はまったくやめる気配がない。リオの体は反応せずにいられず、ぴくぴくと動いてしまう。

「目の前にあるんだから、食べなさい」

リオの食事を妨げる張本人が、堂々と言い放った。

「うぅ、離してくださいいぃ」

泣きはじめたリオを慰《なぐさ》めるように、アレクシオはキスを降らせる。しかし、リオの体を触る手は止まらない。

そして、ついに――

ぐうぅと、リオのお腹が大きく鳴った。

「……………っ」

アレクシオは、無言になった。

(……絶対、聞こえた。お腹の音を聞かれるなんてっ……)

「……もう、ご飯はいりません」

恥ずかしさに、頭の中が真っ白になる。羞恥《しゅうち》のあまりあふれた涙を隠そうと、リオはうつむいた。

「悪い、ねじが飛んでいた。もう、しないから。ごめん、リオ」

アレクシオはリオをぎゅうっと抱きしめて謝る。

「はい、リオ。食べて」

そして、リオの口元にフォークでトマトを運んでくれた。

彼が慌てて謝り、リオを甘やかしてくれるのが、なんだかかわいらしくて嬉しい。

リオは笑って、一口食べた。

すると、自分の手から食べものを嬉しそうに食べるリオが、アレクシオは大層お気に召したらしい。彼はその後、リオにずっと「あ〜ん」で食べさせた。

リオとしては、仲直りの最初の一口だけのつもりだったのに、大誤算だ。

（なかなか懐《なつ》かなかったペットの馬が、自分の手からエサを食べたときの感動に似ている——なんて言われて、喜ぶとでも思っているの？　何、その感想。喜ばせる気持ちをまったく感じない。むしろ、怒らせるために言ってるんじゃ……）

リオは本気で疑うが、アレクシオは上機嫌である。

「リオがもぐもぐ一生懸命口を動かして食べている姿は、とてもかわいい」

アレクシオによるリオへの餌《え》づけは、彼女が「もう本当にお腹いっぱいで入りませんっ！」と、切れるまで続けられたのだった。

五

食事を終えると、リオとアレクシオは庭のベンチに並んで座った。

「お互いに誤解があるようだから、ゆっくり話そう」

アレクシオがそう提案し、昨夜の嵐が嘘みたいに天気がよくなったので、庭に出ることに。しかし、リオの体力の問題で長くは歩けず、すぐに花壇の横にある小さなベンチに腰を落ち着けたのだ。

「リオが何も食べなくなったことがあっただろう？　あれは、ストレスのせいじゃないのか？」

まず、アレクシオはリオがダイエットしていた時期のことを聞いてきた。

「えっと、痩《や》せようとしていたんです。アレクシオ様は、私が太っているから触れてくださらなかったのだと思ったので」

リオが恥ずかしそうに答えると、アレクシオは呆然とする。

「そんなことを言った覚えはない。というか、考えたこともないぞ。どこが太っているというんだ」

（お腹とか太ももとかです）

心の中で即答する。しかし、それについては、アレクシオが『リオがリオなら、それだけでいい』と言ってくれたときに解決していたので、リオは笑うだけに留めた。

次はリオが一番、気になっていることを聞く。

「あの、王女殿下とアレクシオ様は、仲がよろしいわけではないのですか？」

おずおずと聞くリオに首をかしげながら、アレクシオは答える。

「彼女には、おびえられているな」

「おびえ……？　アレクシオ様を怖がっているということですか？　どうして？」

「どうしてって……まあ、オレの外見がよくないからだろう。好まれるのは細くて小柄な男で、オレは野獣みたいだと言われてきた」

アレクシオの言葉に、リオは口をぱかっと開けた。そのまま何も言えず、彼の顔を見つめることしかできない。

アレクシオは「リオだって、おびえていただろう？」と続けた。

それで、彼はリオと少し距離を置こうとしていたらしい。

「ええええぇ……っ!?」

思いもよらないことを言われ、リオは叫び声を上げた。

アレクシオの外見がよくないというのは、どういうことだろう。そういえば、姉のナリアが『怖い』と言っていたことを思い出す。

もしや、『素敵すぎて怖い』わけではなく、『アレクシオの外見は恐ろしい』という話だったのかと、リオは気づいた。

とはいえ、リオがアレクシオにおびえたことなど一度たりともない。アレクシオの素敵さに妄想が暴走しないよう、自制していたことはあるけれど。

「アレクシオ様は素敵ですっ」

リオにには、アレクシオのどこに恐ろしいと感じられる要素があるのかわからない。リオにとって、周りの評価などどうでもいい。アレクシオのことが大好きなのだ。

力説するリオを見て、アレクシオは照れたように笑った。

二人が素直に話し合った結果、なんてことはない。

お互い嫌われたくなくて空回りしながら、お互いのことを気遣《きづか》い、悪い方向へ転がっていたのだ。

そのことを理解して、二人は顔を見合わせて笑った。

お互いがわかり合うきっかけとなったのは、リオが酔《よ》っ払《ぱら》ったことだ。しかし、アレクシオに「外では飲酒禁止」と言い渡されてしまった。

リオは、自分が何をしたのかまったく覚えていない。どんな醜態《しゅうたい》をさらしたのかとリオがアレクシオを問いつめても、詳しく教えてくれない。ただ、「かわいかった」とだけ、ニコニコしながら言われた。

何かしでかしたことは明白だが、リオは聞き出すのをやめた。知ったら、なんだか大きなダメージを受けそうだ。そして、慣れないのに強いお酒を飲むものじゃない、と深く心に刻んだ。

ふたを開けてみれば、すべてリオの勘違い。細い方がきれいだと、無理なダイエットをして周りを心配させた。ダイエットをやめたかと思えば、アレクシオと王女殿下との仲を疑い、一人で苦しんでいたのだ。

途中、一度でも自分の想いをほかの人に伝えたら、「そんなことはない！」と返ってきただろうに。リオは予想を肯定されることが怖くて、一人で我慢していたのだ。

この三月《みつき》の新婚生活がもったいない。後悔してもしきれない。

アレクシオは、落ちこむリオを慰《なぐさ》めつつ、結婚式直後に取る予定だった休暇を三日間取ってくれた。

どこに出かけるわけでもないが、アレクシオがずっとそばにいることが幸せだ。二人は三月《みつき》遅れの新婚生活満喫中である。

「もう誤解して、時間を無駄にしたくない。お互いに不満や不安を隠さずに言い合おう」

アレクシオがこつんとおでこを合わせて、そう言ってくれる。その約束は、リオの胸の中で温かく残った。


アレクシオの休暇は、あっという間に過ぎてしまった。

今日は休暇明け、アレクシオの出勤日だ。

「まだ休みたい」

ため息をつくアレクシオが、リオの目にはかわいく映る。リオだって、今日もアレクシオと一緒にいたいが、彼は責任ある立場にいる。これ以上、突然の休暇を取らせるわけにはいかない。

リオはくすくす笑いながら私室で着替え、寝室に戻った。

今日のアレクシオは訓練があるからと、簡易的な軍服姿。寝室に現れた彼を見て、リオは目を見開いた。

「ステキすぎます！」

思わず声に出してしまう。アレクシオは驚いてリオを見返した。きっと赤くなっているだろう顔を誤魔化すために、うつむいて両手を頬に当てた。

でもやっぱりアレクシオの姿を見たくて、視線だけ上げる。

するとアレクシオは色っぽい表情になり、リオの顎《あご》を捉《とら》えた。

「誘ってるのか？」

リオの顎《あご》をくすぐりながら、アレクシオは何度もキスを落とす。

次第にキスは深くなり、彼はリオの上顎《うわあご》を舐《な》めた。すると官能のスイッチを押されたように、体がびくんと跳ねる。

「リオ」

吐息まじりに呼びかけられて、ふるっと体が震える。甘い痛みに似た感覚が駆け抜けた。

「……旦那様、仕事です」

突然聞こえた声に、リオは悲鳴みたいな声を上げて飛びのく。声のした方を見ると、家令がドアを開けて、仁王立《におうだ》ちしていた。

「ノックくらいしろ。すでに事に及んでいたらどうするつもりだ」

アレクシオが不満げに言い放つ。

（事に及ぶって何!?）

——意味はわかっているが、敢《あ》えてわからないふりをする。

リオは、小さく「すみません」とつぶやいた。

「奥様は悪くありません。堪《こら》え性のない人間のせいですので」

半目でアレクシオを批判してから、家令は用件を伝える。

「急ぎの仕事があるという連絡です。予定していた休暇と突然の休暇は、同じ日数でも大きく違いますからね」

家令は怒っているようだ。リオは、初めて見る彼の表情に、どうしようとおろおろしてしまう。

「リオは愛らしすぎる。離せないのは当然だ」

「もういいから、さっさと仕事をしろ、この色ボケが」

（えっ、シオが！　シオが……っ！）

アレクシオの甘いセリフよりも、家令の暴言にリオは動揺する。そんな彼女を見て、家令は続けた。

「——なんて、ほかの者に思われているかもしれませんよ。奥様、失礼しました。冗談ですので、お気になさらないでください」

アレクシオに対する口調とは真逆なほど優しい声で言われ、リオはほっとした。

彼女が見ていないところで、家令は本気でアレクシオを睨《にら》む。もちろん、リオは気がつかない。

「あ〜……悪かったと思っている。リオ、では行ってくる」

アレクシオは、しぶしぶといった体《てい》だが、仕事に行くために部屋を出ようとする。

「はい。……あ、姉の手紙に書いてあったのですが、父からお願いがあるらしく、アレクシオ様の執務室へお邪魔すると言ってたそうです」

リオは、手紙の練習のため、姉と文通をしている。その中に、父が今度、軍部に行くつもりらしいと書かれていたのだ。

「お願い？　なんだろうな？　必ず取り次ぐように言っておこう。さ、仕方がないから行くか」

「仕方がないなどと言わずに、行ってきますとおっしゃってください」

家令からのツッコミを無視して、アレクシオは扉に手をかけた。

そこで、リオは遠慮がちに声をかける。聞いていいものか迷っていたのだが、勇気を出して聞く。

「アレクシオ様、夜のお食事は一緒にできますか？」

「当然だ」

アレクシオはしっかりとうなずいた。

リオはほっとして笑う。アレクシオは彼女を愛《いと》おしげに見ると、行ってきますのキスをして、今度こそ部屋から出ていく。

「今日、アレクシオ様は絶対に絶対に残業しないでしょう。急ぎの用事は先に済ませてくださいと、副官にお伝えするように」

玄関で家令が申し訳なさそうに御者《ぎょしゃ》に話す声が、リオの耳に届いた。

◇

アレクシオは、リオの自己評価は非常に低いと思う。

リオは誰もが口を揃えるほどかわいらしい容姿をしていて、プロポーションも申し分ない。それなのに、なぜ自己評価が低いのか、彼はまったく理解できないでいた。

結婚当初は自分が太っていると思いこみ、無理なダイエットをしていたようだ。

しかも、彼女はアレクシオの気持ちを誤解していた。彼が王女殿下を愛しているのだと勘違いしていたらしい。その上、国境に王子を送り届けたとき、王女殿下が同行していると思っていたそうだ。

王女殿下と相思相愛《そうしそうあい》の間柄だと考えていたことに、アレクシオは心底驚いた。

彼が王女殿下に会うのは、夜会や親族が集まるとき。あとは国王陛下が王女殿下の虫除《むしよ》けに、アレクシオを駆り出すときくらいである。

何しろ、王女殿下はアレクシオにおびえているので、個人的に会う機会などないのだ。親密な関係であるはずがない。

国王陛下は、アレクシオの母親の弟。アレクシオにとっては、叔父《おじ》に当たる。国王陛下をはじめとする直系の王族は、ほとんどが線の細い、初代サンフラン国王の体型を受け継いできていた。

王族の血を引くアレクシオがなぜ大男になったかというと、公爵家の血筋によるものだ。三代前のサンフラン公爵家の娘が、北方の民族――文献で雪男だと記される男を婿に迎えたのである。

その後に生まれたサンフラン公爵家の男子は、皆一様に体が大きい。アレクシオの母は細い女性だったが、彼は父親の遺伝子を継ぎ、ガタイのいい男に成長した。

王女殿下の周りには、家族はもちろん、侍従や近衛《このえ》も細く美しい者ばかり。そんな彼女は、小さな頃から何度か顔を合わせていても、アレクシオに慣れない。自分がアレクシオの嫁候補だと言われて、卒倒したこともあるほど、彼を恐れていた。

そんな王女殿下とアレクシオの関係に、リオが不安を感じた理由が、彼にはやはりわからない。けれど、双方の誤解が解けたのだからと、アレクシオは気にするのをやめた。今は、やっときた幸せな新婚生活に心躍《こころおど》らせる毎日だ。


「アレクシオ様の働いているお姿が見られるなんて、とても嬉しいです」

そう言いながら隣を歩く妻が、かわいい。非常にかわいい。アレクシオは彼女を押し倒したくてたまらない。

「息子よ、しっかり案内しろ」

――不機嫌そうな目つきでアレクシオを眺める、リオの父親がいなければ。

心の中に湧く不満を抑え、アレクシオはなんとか笑みを浮かべた。

今日は、リオの父が軍部の視察をしたいというので、訓練所を案内することになったのだ。

驚いたことに、先日、彼はアレクシオに事前の連絡を入れずにやってきた。

伝令が「今からうかがうと連絡がありました」と知らせにきてすぐ、アレクシオの執務室を訪れて「軍部を視察させろ」とのたまったのである。

設備の整い具合を見て、国軍に売りこめるものを探すのだと、義父は堂々と言った。あまりにも包み隠さないところが、アレクシオにはおもしろく感じる。

義父が突然訪ねてきても、アレクシオは慌てなかった。

まるで来訪を知っていたかのようなアレクシオの対応に驚き、義父は理由を聞いてくる。

アレクシオは、リオの姉からの手紙によって知らされていたのだ、と種明かしをした。

すると、義父は眉を寄せる。

「リオに、オレがここに来ることがばれたのか」

『ばれた』なんて、不穏だ。わけがわからずアレクシオが瞬《まばた》きをしていると、男爵は「まいったな」と困り顔になった。

「ええと、お義父《とう》さんがここに来ることをリオが知ってはいけない、と言うことですか？」

「内緒にしているわけではないし、いけないということもない。ただ……ややこしいことになるかもしれないだけだ」

(リオも義父も、時々よくわからないな。そういうところはそっくりだ)

二人に聞かれれば猛反発を食らいそうなことを、アレクシオはぼんやりと考えたのだった。

その後、義父は、二人きりのときには随分な口調で話した。「オレは、父親だからな！」と笑いながら。

そういう義父にアレクシオは早々に慣れたが、公《おおやけ》の場では「閣下」と呼ばれるので、思わず眉をひそめてしまう。笑いをこらえるのに必死なのだ。

「笑いそうでも、顔に出すな」

そんな表情に気づかれ、義父に怒られてしまったが。

その夜の夕食中、そういえばとリオが切り出した。

「父はアレクシオ様の仕事場にお邪魔しましたか？」

リオの問いかけに、アレクシオはうなずく。お願いとは、軍部の視察の件だったと教えた。

するとリオは目を大きく見開いて叫んだ。

「お父様ばかりずるい！　私だって行きたい!!」

アレクシオは驚いた。

軍部など、筋肉質な男たちが訓練をしたり会議を行ったりしているだけ。若い女性が見て楽しいことなど、一つもない。きっと暇だろうし、歩き回って疲れるのがオチだ。

アレクシオがそう言うと、リオは頬を膨《ふく》らませて抗議する。

「そんなわけがないわ。アレクシオ様が働く場所ですもの。それだけで、特別な場所です」

その愛らしい台詞《せりふ》に、アレクシオは抗《あらが》えなかった。

――そんなこんなで、彼女は今日の視察に同行することになったのである。

軍部を回るリオは、ずっと嬉しそうにキョロキョロしている。心なしか、足取りも軽い。とても楽しそうで、かわいい。そんなにアレクシオが働く場所を見ることが、嬉しいのだろうか。

（……明日は休暇を取っておこうか。今日は寝かせてあげられそうにない）

家令が聞いたら青筋《あおすじ》を立てて怒りそうなことを考えながら、アレクシオは宿舎へ向かう。義父が、一般兵が使用する頻度の高い場所から見たいと言ったためだ。

宿舎の前に来ると、義父は感心したような声を上げる。

「ふうん、思ったより綺麗だな」

「我が国の軍は、小さいものの、しっかりと予算をもらっていますからね。有事の際に国を守る要《かなめ》としての役割を果たすために、設備を整え、人員を確保することも必要なのです」

「その有事の際、緊急を連絡する手段は？」

義父の問いに、アレクシオは近くにある塔を指差した。

「あの塔にある鐘を鳴らします。それからの動きは、訓練で」

「音だけか。視覚でも知らせる手段もあるのだが」

そんな商品があるのかと、アレクシオは驚く。

義父の目のつけどころには唸《うな》るが、視覚情報での伝達はそこまで要していない。

「一ヵ所で鐘を鳴らしただけで、各所へ音が広がっていくようなものはありませんか？」

「あるにはあるが、そっちは利益率が低いからな。手配するのはかまわないけれど、おすすめは、素早く視覚で情報伝達するものだ」

すかさず売りこみをする姿は、やはりやり手である。

（さすがに、ここまで正直すぎるのはいかがなものか……）

リオはその間、きょろきょろしながら、二人の後を黙ってついてきていた。

時々アレクシオと目が合うと、彼女は嬉しそうに笑う。

（うん、休暇申請は忘れずにしよう）

アレクシオは心に決め、施設の説明をしながら歩みを進める。

「こちらが訓練所です。今日は体力づくりの訓練で、基本的に地味なものです。模擬戦をご覧になりたかったら、日を改めていただく必要がありますが」

「いや、いい。こういう普段通りの姿が見たい」

男爵はアレクシオに受け答えをしていたが、突然、視線を後ろへやり——

「リオ、気をつけなさい」

低い声でリオに注意を促《うなが》した。

アレクシオにはなんの注意なのかわからず、首をかしげる。父の注意を聞いたリオは、びくっとして、背筋を伸ばした。

「だっ、大丈夫よ。公爵夫人として、はしたない真似はいたしません」

随分慌てた様子で、リオが答える。

「リオ？　怖いなら、先に控え室へ案内しようか？」

やはり大男が大勢いる場所は怖かっただろうか。

アレクシオが心配して声をかけると、リオはぎょっとした表情で言う。

「ええ!?　嫌よ。ここが見たくてついてきたのに！」

（ここが見たかった？）

意外な言葉に、アレクシオは目を瞠《みは》った。

「…………リオ」

義父はあきれたように娘を呼ぶ。

「お父様。さすがに、触らせてほしいなんて言わないわ。でも、愛《め》でるくらいはいいと思うの」

リオが必死な様子で義父を説得する。

「だから、連れてきたくなかったのに」と義父がぶつぶつ文句を言うのが聞こえた。

（愛《め》でるって、何を？　だから、ってどういうことだ？）

アレクシオは不思議に思いながらも、訓練所へと続く階段の扉を開ける。

訓練所は、円形のグラウンドだ。そこで、数百人の男がトレーニングを行《おこな》っている。近くに見えるのは、腕立て伏せや砂袋を担ぎながらのランニングを行う男たち。

武器を使う訓練ではないため、胸当てなどの武具をつけておらず、上半身裸の男も数人いる。

（しかし、むさくるしいな。オレでさえそう思うのだから、リオは大丈夫だろうか）

心配して彼女を振り返れば……リオは、見たことがないほどイイ表情で立ち尽くしていた。

義父が額《ひたい》を押さえて、「すまないな」と謝罪する。

「……あぁ、なんてステキなの」

思わずといった言葉を聞いた瞬間、アレクシオは理解してしまった。

（そうだ、この表情は――――欲情している顔だ）

「あー……、と。私はこのあたりで帰ろうかな。また今度、模擬戦も見せてくれ。見送りはいらんよ。ホントに。では、娘をよろしく」

言いたいことだけ言って、義父は脱兎《だっと》のごとく逃げ出す。ほとんど視察していないことをアレクシオが指摘する隙もなかった。

しかしアレクシオは義父に目も向けず、妻を捕獲する。

彼はようやく、リオが視察についてくることに義父が難色を示していた理由がわかった。

(オレを怖がらないリオが、むさくるしい男たちを見ておびえるわけがないよな。……へえ、そうか)

幸い、アレクシオはこの後の時間を、義父を案内するために空《あ》けていた。彼が帰った今、暇になったと言っていい。

「――さあ、帰ろう。妻よ」

アレクシオは、リオを俵《たわら》のように抱き上げる。彼女は悲鳴を上げたが、気にせず歩き続けた。

「あ、あれ!? アレクシオ様? どうなさ……っん、どこを触って……きゃあん。え、帰るってなんで、まだ少ししか見てな……あああぁんっ」

その日、アレクシオは彼女を職場に二度と連れてこないと決意した。

◇

ついさっき、リオが筋肉フェチであることが、夫にばれた。萌《も》えを抑えられなかったせいだ。筋肉がムキムキの男性が訓練する姿は、素晴らしかった。うっとり思い出したいところだが、今はできない。アレクシオと二人きりの馬車の中、沈黙が怖いからだ。

彼はいつもなら、ピッタリと隣に座る。そして時々キスをしたり触れ合ったりするのに、今アレクシオは向かいに座り、腕を組んで目を閉じたまま動かないのだ。

リオが知るアレクシオは、基本的に怒らない。威圧感を人に与えることはあるが、怒っている姿は見たことがなかった。

リオと喧嘩をしても、眉を寄せたり悲しそうに笑ったりするだけだ。

その彼が、今、眉間にしわを寄せて目を閉じたまま、リオを見ない。明らかに怒っている。馬車に乗りこむときに彼の顔を見た御者が、「ひっ」と悲鳴を上げたのを聞いてしまった。彼から見ても怒っていたのだろう。

アレクシオが怒っている理由は、わかっている。

リオが、我を忘れて見入ってしまったからだ……筋肉に。

酷使《こくし》される体。ぶつかり合う腕。太いのにしなやかに動く足――やはり、軍人は体のつくりが違う。

最近アレクシオに教えてもらったが、この国では細いことが男性のモテる要素らしい。道理で細い男ばかりだと思った。

王城に勤める近衛兵《このえへい》たちも、街を巡回する警邏隊員も、ムチっとはしていない。職業柄、鍛えていても、民衆から怖がられないように細さを保っているのだと、先日父からも聞いた。

それらは、リオの好みじゃない。

彼女は、アレクシオに一目惚《ひとめぼ》れするほど、大きな体が好きだ。

ボディビルダーのような、見せるための筋肉をつけた体もいいが、自然についた筋肉……仕事やスポーツなどで自然とついてしまった筋肉がいいのだ。

国中のそんな男が集まった場所が、軍部訓練所。リオにとって宝石箱みたいな場所である。

(……もっと見ていたかった)

「リオ」

地を這《は》うような声が聞こえた。

はっとしてアレクシオを見ると、彼は厳しい目をしていた。

「ごめんなさい……」

とりあえず、謝らなくてはならない。リオが頭を下げると、彼はため息をつく。

顔を上げると、アレクシオの視線からは、鋭《するど》さはなくなっていた。

「こっちに来なさい」

手招きされて、ようやく、隣に座れると思って行くと――

（あれ。なぜアレクシオ様のももの上なのでしょう）

「こっちを向いて」

向かい合って、彼のももの上に座らされる。

体格差があるので、向かい合って座っても、視線はほぼ一緒だった。

「リオ？　オレを見て？」

（えぇ？　どうしてそんなに色っぽい声を出すの。鼻血が出ちゃいますよ）

アレクシオは人差し指でリオの顎《あご》を持ち上げ、口の端にキスをしてくる。

この体勢になったときから熱かったリオの顔に、さらに熱が集まった。

「リオは、オレがこんなに近くにいるのに、ほかの男も見たいのか？」

アレクシオは片手で、自分のシャツのボタンを一つ一つ外していく。シャツの隙間から、盛り上がった胸筋と割れた腹筋が見える。

リオは、ゆっくりと露《あら》わになる彼の体から、目を離せない。

「この体勢では脱ぎにくいな。まあ、このくらいでいいか」

今、アレクシオは片側の肩だけが出て、シャツを脱いでいる途中の状態だ。

そんな状態の彼に体を引き寄せられる。

「これだけじゃ、不満か？」

アレクシオの様子を呆然と見ながら、リオはなんとか首を横に振った。

リオの様子を見て、アレクシオは満足げに笑いキスをする。

「あとは、どうしたい？」

リオの目の前には、はだけたシャツ、太い首、割れた腹筋――

「触りたい……です」

素直に言うと、アレクシオはくっと笑い声を漏《も》らしてから腕を広げた。

「どうぞ？」

首をかしげて、挑発的に言われる。

恥ずかしい。――けれど、恥ずかしさよりも、欲望が勝ってしまった。

リオが、シャツの隙間から見えるアレクシオの腹筋にそっと手を滑らせると、ピクリと動く。

筋肉が動く色っぽい様子にときめいて、リオはそっと唇を寄せた。

「は……っく」

アレクシオの声に煽《あお》られながら、あちこちにキスを落としていく。

リオは首筋を少しだけ強く吸って、跡《あと》をつけた。――自分のものだという印。初めてつけたキスマークに、リオはうっとりと目を細めた。

「アレクシオ様……」

熱で浮かされたように名前を呼んで、口づける。

「リオ」

いつの間にかアレクシオにはだけさせられていたドレスの中に、彼の手が忍びこんできた。

「はぁ、んっ！　あっ！」

感じる場所を的確に触られ、リオは強い快感に体を揺らす。もう片方の手でお尻を撫《な》でられて、スカートがまくり上げられていることに気がついた。

大きな手で、一番感じるところをゆっくりとこすられ、下着が濡《ぬ》れているとわかる。

リオの口から熱い吐息が漏《も》れる。

アレクシオは下着越しに指を動かすだけで、直接触れてはくれない。

「ふ、んっ、ん……！」

もどかしい刺激に焦《じ》れ、リオの体は無意識に揺れる。切ない喘《あえ》ぎ声を漏《も》らしながら、どうにかしてほしくてアレクシオに抱きついた。

「お願い」

「リオ、続きは部屋でだ。もうすぐ着くから、待ちなさい」

耳のそばでささやかれて、リオはアレクシオの首に縋《すが》りつく。

自分が何を頼んでいるのか、リオははっきりと自覚していなかった。

リオの言葉を聞いて、アレクシオの腕にぐっと力が入る。

「ダメだよ。リオ？　お仕置きの途中だろう？」

その瞬間、リオはハッとした。

彼にまだ許してもらっていないことを忘れ、自分の欲望のままにねだるなんて、身勝手だ。

リオは申し訳なくて、泣きたくなる。

気づけば、馬車が止まっていた。

服装を整えたアレクシオは、ひょいとリオを抱えると、馬車から降りる。

おかえりなさいませという声が、遠くで聞こえた。己を恥じるリオは、周囲との隔《へだ》たりすら感じる。

リオを抱えて動きながらも、アレクシオは使用人たちに指示を出しているようだ。そして彼は寝室に入り、扉を閉める。

そしてやっと、リオに視線を向けた。

「リオ、随分おとなしい……っ!?」

アレクシオは驚いて、目を見開く。

「リオ？　どうした、どこか痛いか？」

リオは、滝のごとく涙を流していた。ぼろぼろと涙があふれ、どうしたら止まるのかわからない。

アレクシオは慌てた様子でリオをベッドの上にのせて、彼女の体をさすりはじめる。

「どうして泣いているんだ？」

彼が焦った様子で聞いてくるので、リオは感激してしまう。

（アレクシオ様、優しい。さっきまで、すごく怒っていたのに。違う。多分、まだ怒っているはず。私が泣いてしまったから、優しい彼はこうしてくれているのね）

リオは、アレクシオを見つめながら、ぼんやり思った。

ひどいことをした。同じことをされたら、自分は泣きわめくだろう。

もしアレクシオが、女性を見物する目的で茶会なんかに行ったとしたら？　――わかった途端、

『浮気者！』と糾弾《きゅうだん》するだろう。しばらく、許せないかもしれない。

（もしかして、嫌われてしまった……？）

リオはさらに泣いてしまった。

「ごめんなさい、ごめんなさい。大好きです。……っ嫌いにならないで」

誠心誠意《せいしんせいい》謝らなければ。なのに、嫌いにならないでという希望が口からこぼれ出てしまった。

（だって、嫌われたら……考えるだけで、恐ろしくてたまらない）

アレクシオは戸惑い、うろたえる。

「いや、リオ？　さっきの雰囲気から、どうしてそんな流れに……」

リオはひたすら、涙を流し続けた。

「大好きなのぉ〜〜」

ぎゅうっと抱きついて離れたくないと言うと、アレクシオが抱き返してくれる。

「オレも大好きだよ。だから、リオ、続きをしよう？」

「続き？」

リオは首をかしげる。アレクシオは、にっこり笑った。

「寝室に着いた途端、リオが『我慢できない』って言いながら抱きついてきてくれたら、嬉しかったんだけど」

彼の言っている意味がわからず、リオはきょとんとしてしまう。

「まあ、これはこれでいいか。リオ、服を脱いで」

（……服？）

「ほら、許してほしいんだろう？　服を脱いで、オレに全部見せて」

許してほしい。その言葉に反応して、リオはゆっくりとドレスを脱いだ。

今日の予定は軍部訓練所を見学するだけだったので、背中で編み上げるタイプのドレスではない。簡素なドレスだから、一人でも着脱可能だ。

ドレスを脱ぐとご褒美《ほうび》のようにキスをされて、嬉しくなる。

「そう、いい子。下着も全部だ」

――あとは馬車の中でいろいろされて濡《ぬ》れてしまった下着を取れば、生まれたままの姿だ。

「リオ。濡《ぬ》れているだろう？　見せてごらん」

アレクシオからの要求はとても恥ずかしい。だけど、リオは逆らえなかった。

アレクシオの視線に、余裕がなくなってきているのがわかる。触りたいと思ってくれたらいい。

それならば、少しの恥ずかしさなど我慢できる。

リオはベッドの上で、両足の膝を立てて左右に開いた。

「そう、自分でそこを広げて」

アレクシオが言う通りに、リオは濡《ぬ》れそぼった自分の媚肉《びにく》に両手を伸ばす。そして、奥まで見えてしまいそうなくらい広げてみせた。

アレクシオは服を着たままで、まだボタンさえもはずしていない。それなのに自分は裸で、恥ずかしいところを自分で広げて彼に見せている。

（これは、お仕置き？　この恥ずかしさに耐えれば、アレクシオ様は私を嫌いにならない？）

アレクシオを見上げれば、欲望のにじんだ視線でリオを熱く見つめていた。

「ん、ん……」

恥ずかしいのに、アレクシオに見られることが快感につながっていく。指一本さえも触れられていないまま、リオは荒い息を吐いて快感に耐えた。

「触ってもいないのに、こんなに濡《ぬ》れて……いやらしくてかわいいよ。リオ、どうしてほしい？」

――触ってほしい！

欲望が膨《ふく》れ上がる。だけど、アレクシオが怒っていないか気になって、彼をうかがう。

彼はとても色っぽく笑っていた。

「アレクシオさま……触って、ください」

欲望も一緒にのせて名前を呼ぶと、キスをされる。

「ふふ。いい子だ。次は、してほしいことを、自分でしてごらん？」

自分でするなんて――頭のどこかでそう思っているのに、リオは欲望のまま秘所に指を滑らせた。

その姿を、アレクシオがじっと見つめている。

（……どうやったら、触りたいと思ってくれるだろう）

リオの秘所はぬるぬるしていて、とても柔らかかった。

指を動かせば、それに呼応して快感が呼び覚まされる。

リオは夢中で花芽をこねまわし、秘所へ指をうずめてみるけれど、違う違うと体が訴えてくる。

「ふぁ、ひん……ふっ……」

——こんな細い指じゃない。こんな触り方じゃない。

「ア、アレクシオ様がいいのぉ。アレクシオ様に触ってほしいのに……っく」

思わず泣き声が出てしまった。

どんなにアレクシオに触られているときのことを思い出しても、同じように指は動いてくれない。

もどかしさが募《つの》ってリオの手つきが荒くなってきたところで、アレクシオが彼女を止めた。

「そんなふうにしたら、痛くなってしまうだろう？　そうだな……じゃあ、オレの服も脱がしてごらん？」

「は、い……」

リオはひりひりしはじめた花芽から手を離し、アレクシオの服に手をかける。

ベッドの横に立っていたアレクシオが、ベッドに座るリオでも手が届くように彼女の隣に座った。

ボタンを一つずつ外していくと、彼の素肌と自分がつけたキスマークが見える。なんて扇情的《せんじょうてき》なんだろう。

ボタンを外し終え、シャツを彼の腕から抜く。アレクシオはにやりと笑った。

「触るのはまだダメだ」

出しかけていた手を捕らえられる。手のひらに、アレクシオの熱い舌が這《は》った。

「はぁっ……んっ」

たったそれだけの刺激なのに、全身に悦《よろこ》びが走る。

そんなリオの姿を見ながら彼は手を離し、次の指示を出した。

「下もだ」

アレクシオのズボンもリオが脱がすらしい。

彼の中心にそうっと触れると熱くなっていて、ボタンを外しにくかった。前をくつろげると、アレクシオ自身が飛び出す。

彼自身が、上を向いてそそり立っている。

すごく恥ずかしくて、彼女は目をそらした。

リオは彼を見られないまま、ぎこちなく彼の足からズボンを引き抜く。そうしてふたたび彼を見上げると、アレクシオ自身が目に入った。

「リオ、舐《な》めてごらん？」

（舐《な》める……？）

おずおずとアレクシオ自身を握ると、少し熱い。先端から、透明な液が滴《したた》っている。

体を屈め、リオは彼の中心に口を近づけた。舌を出して、ちょっと舐《な》めてみる。

びくんと、それが揺れた。

「はっ……いいよ、リオ。もっとだ」

聞いたことがないアレクシオの声に、リオも煽《あお》られる。

リオはいつの間にか夢中で、彼を舐《な》めていた。

「は、む……っん、んん」

口の中にすべて含むことはできないけれど、舐《な》めているだけで心地よい。

「んっ……！　いいよ、リオ、気持ちいい」

アレクシオの声で、触られてもいないのに、リオまで濡《ぬ》れてきた。

彼の声をもっと聞きたくて、口を大きく開け、リオは彼に吸いつく。そのたびに、アレクシオの息が上がり、リオのドキドキも高まる。

「はぁ……リオ、もういい。おいで」

彼を咥《くわ》えたまま見上げれば、彼は困った顔で微笑んでいた。

「もう、限界。入れたい」

背筋に、ぞくっと、しびれが走る。途端にびくんと大きく体を揺らしたリオを見て、アレクシオは笑みを深くした。

「リオ、舐《な》めただけでイッたの？」

彼はももの上にリオを抱き上げる。

「アレクシオ様、もう怒ってない？」

不安そうにする彼女に、アレクシオは目を見開き「まだそこだったか」とつぶやいた。そして、リオを安心させるように笑う。

「怒ってないよ。嫉妬《しっと》しただけだから」

彼はあっさりと言って、リオのこめかみにキスをする。

――アレクシオが嫉妬《しっと》した。

そのことにリオの悦《よろこ》びが膨《ふく》らみ、蜜がさらにあふれ出す。

アレクシオは彼女の腰を掴んで引き寄せると、中に指を入れた。

「ひあぁ、ん、んっ」

リオは彼の首に縋《すが》りつくように腕を回す。

今日、初めて直接触ってもらい、すぐにでも、真っ白な世界が近づいてきそうだ。

「すご……ぬるぬるだ。何もしなくても入るな」

アレクシオの指がリオの中をかき回すと、じゅぶじゅぶと音がする。

「ん、欲しいの。早くっ、ん、して。来て。アレクシオ様が欲しいの。いっぱいにして」

リオは、熱に浮かされたように、いやらしい言葉を次々と紡《つむ》いでいく。一生懸命、「もう我慢できない」と訴えた。

「じゃあ、リオ。このまま、腰を下ろしてごらん？」

リオの秘所にアレクシオの先端だけを呑みこませた状態にしてから、アレクシオが言う。

お腹の奥がずくずくして、彼が早く欲しい。

しかし、自分で迎え入れることが恥ずかしくて、リオは体を揺らした。

「やあん。アレクシオ、さまぁ」

先端だけが蜜壺《みつつぼ》に入り、リオはもどかしさにどうにかなりそうになる。

「ん。ほら。いいの？　自分で動かないと、入らないよ」

アレクシオが意地悪く、浅いところだけで出入りを繰り返した。

それだけの刺激でまた愛液があふれて、リオの太ももを伝っていく。

「アレクシオさまぁ」

ねだっても、アレクシオはそれ以上進んできてくれない。キスをして、腰をゆっくりと揺らすだけ。

「おいで？」

アレクシオにそう言われ、リオは目を閉じてから、ゆっくりと足の力を抜いた。

リオが腰を下ろすと、アレクシオが自分の中に入ってくるのがよくわかる。ほとんど抵抗なく、リオの秘所はアレクシオを呑みこんでいく。

次第に強くなる快感に翻弄《ほんろう》されながらも、リオはアレクシオに捕まり、彼をすべて受け入れた。

「ふぅ、あああぁぁんっ」

するとアレクシオに最奥を突かれ、リオは快感に支配される。

彼は間を置かずに、下からどんどん突き上げてくる。

「あっ、あっ……！　だめ、だめ……またいっちゃう」

「ん。今度は一緒にイこうか」

そう言って、アレクシオはさらに速度を上げた。

リオはどこかに飛んでいってしまいそうな意識を、アレクシオの肩を握りしめて耐える。

彼はそんな彼女にキスをして、ぎゅっと抱きしめた。

「あ、あ……あああぁぁぁぁぁっ」

「……くっ」

リオがのけ反ると、アレクシオも呼応するように中に熱いものを注《そそ》ぎこんだ。

リオは息を荒くしながら彼に凭《もた》れかかり、熱い胸板に頬ずりをする。

「好きだよ。かわいいリオ。ほかの男を見てはいけないよ」

アレクシオの甘い言葉を夢見心地でうっとりと聞く。リオは愛する旦那様を見つめた。

「ん、好き好き。アレクシオさまだけ。見るのも、見られるのも、触るのも、ぜんぶすき」

リオはねだるように唇を寄せ、彼がそれに応《こた》える。

「今日は、わざわざほかの男を見にきたのに？」

意地悪く聞いてくるアレクシオに抱きついて、リオは口をとがらせた。

彼はリオの中から出ていってしまわずに、余韻《よいん》を楽しむように抱きしめてくれる。リオは、自分の中に彼がいることに安心した。

「アレクシオ様は、違うの。見てたら、触りたくなる。それに、ア、アレクシオさまに見られたら、濡《ぬ》れちゃうんだもの――さわられたら、おかしくなっちゃうくらいきもちいい」

リオの頭の中は次第に霞《かすみ》がかったように快楽で埋め尽くされた。リオ自身、自分が何を口にしているかわからなくなる。

そんな彼女の言葉は、アレクシオの理性を吹き飛ばすには充分だった。

「……ん？　あ、あれ、アレクシオ様、ちょ……抜いてっ⁉」

「ひどいことを言わないでくれ」

はぁと、熱いため息をアレクシオがこぼす。

彼がリオの中でむくむくと大きくなっていくのがわかる。官能を呼び覚ますキスを仕掛けられて、リオは自分が彼を煽《あお》ってしまったことと、逃げられないことを知ったのだった。

リオの筋肉好きは、あっさりアレクシオに受け入れてもらえた。

(なんて幸せなんだろう)

アレクシオはいつも素敵だ。柔らかく微笑むのも、そっと頬に触れてくる仕草も格好よすぎて、リオはいつ鼻血を出してもおかしくないだろう。

アレクシオと心が通じ合って、幸せすぎる毎日だ。そろそろ鼻の粘膜を鍛えておかなくてはいけないかもしれない。……どうやったら鍛えられるのだろう。

今度、カーディ商会を通じて調べもらおうと、リオは密《ひそ》かに思っている。

「ただいま」

軍部の視察に連れていってもらってから、一週間。夕飯よりもずっと早く、アレクシオが帰ってきた。最近は仕事に余裕があるようで、早く帰ってくることが多い。

出迎えながら、家令が頭を押さえていた。頭痛だろうか。「適度という言葉を覚えさせよう」などとつぶやいていたけれど。

今日、アレクシオは訓練ではなく、室内での書類仕事ばかりだったらしい。軍服ではなく、別の制服を着ている。

たくましい体が軍服をまとうと、威圧感が増す。一方で、今日のような制服も清潔感があり、凛々《りり》しくて素敵だ。

そんなアレクシオが、優しく微笑んだものだから……リオのテンションが上がる。

(もう、もぉう、素敵すぎます！　どうしてくれましょう！)

「リオ、脱がすのか？　着替えた方がいいか？　このままでも食事はできるが」

そう言われて、リオははっとする。ついつい手を伸ばし、彼の服を脱がそうとしていたらしい。

(はっ！　しまった。欲望のまま行動しちゃってた)

アレクシオは、リオの趣味嗜好《しこう》を「不思議な好みだな」と言いながらも無条件に認めてくれる。それに甘えて、リオは最近、暴走気味だ。

「あ、いえ、あの……」

言い訳が見つからず、あたふたしてしまう。完璧に挙動不審《きょどうふしん》だ。

リオが軽いパニックを起こしていることを察して、アレクシオはゆっくり言った。

「いいよ、リオ。言いたいことを言ってごらん。結婚当初のようなすれ違いを作らないために、してほしいことを言い合うと約束しただろう？」

頭を撫《な》でられ、彼の顔が近づいてきて、ぽーっとなってしまう。

「……アレクシオ様をセクシーな格好にしようとしていました」

ぽろっと、リオの口から本音がこぼれた。

犯罪者っぽい発言を受けて、アレクシオが固まる。

（――まずい！　たとえ許されていても、言葉を選ばなすぎた）

「ち、ちがっ、違うんです！　鎖骨が見えた方がいいなとか、いえ、腕まくりがいいかも、と思っただけで！　そんな、ズボンを脱がすみたいな、直接的なものではなくてですねっ⁉」

（――本当に何を言っているのだろう、私は！　自分でも引くわ！）

暴走しがちな思考を猛省しながら、真っ赤な顔で悶《もだ》える。

すると、「まあ、いいけど」という軽い言葉とともに、衣擦《きぬず》れの音が聞こえた。

そちらに視線を送ると、脱いだ上着をひじにかけ、上からボタンを三つも外し、腕まくりをした旦那様が立っていた。首をかしげながら、「どこがセクシーなんだ？」とつぶやくところも、リオのツボを押さえている。

「ほかには？」

問いかけられても、のどに言葉がつかえて、何も言えない。

「これでいい？」

苦笑とともに顔をのぞきこまれて、リオは必死でこくこくと首を縦に振った。

何度もうなずくリオを見て、おもしろそうにアレクシオは笑う。

「ア、アレクシオ様！」

のどを引きつらせながら呼びかけると、まっすぐな視線が向けられる。

「私は、おかしくはありませんか？」

アレクシオは不思議そうな顔をする。

「アレクシオ様は、今みたいなことを言う私を、どう思いましたか？　いつも、受け入れてくださるけれど、嫌だったら言ってほしいのです。私は、あなたに嫌われることが一番怖い。怖くて怖くて、いつも笑って隠していたの」

涙目で見上げると、彼は優しく微笑んだ。目元に唇が落ちてくる。

「特に、おかしくはない。おもしろくはあるが」

そう言って、本当に楽しそうに肩を震わせる。

「……リオ、あなたは大体、おもしろい」

（……今、愕然《がくぜん》とする言葉を言われていない？　え、最近、かわいいと言ってもらうことに慣れて、調子に乗ってた？）

アレクシオの台詞《せりふ》をどう解釈していいか、リオが頭を悩ませていると――

「とても、愛らしい」

そういって、唇にキスが落ちてきた。

リオはアレクシオをうっとりと見上げる。彼は、いつも欲しい言葉をくれる。

どんなに不安を感じたとしても、受け入れてくれる気がするほど、リオは彼を信頼しはじめていた。

「オレがリオを嫌うことなどあり得ない。ほかの男に触れること以外なら、したいことをすればいい。今くらいのことは、何も問題ない」

真面目な顔で、彼は言った。間近に精悍《せいかん》な顔を見ながら、リオは言われた内容を頭の中で繰り返す。

（――――マジで⁉）

一瞬にして、リオの妄想は爆発した。理性が羽をつけて空高く飛んでいく。

「そっ……そしたら！　傷跡、舐《な》めてみてもいいですか⁉」

「………………な、舐《な》める？」

こくこくこく。リオは何度もうなずく。

「舐《な》めて、どうするんだ？　あ、消毒か？　舐《な》めても、今更《いまさら》傷は消えないぞ？」

アレクシオからは明らかな戸惑いを感じるが、嫌わないと今言われたばかりだ。リオの気は大きくなっている。

「もし消えるとしたら、舐《な》めません」

（当たり前じゃないですか。せっかくの傷跡を。見て楽しむことにします）

アレクシオは、きっぱりと言い切ったリオを困ったように見た後――

「………………そうか」

ゆっくりと、うなずいた。

（旦那様がうなずきましたよ！　許可が出ました！　眉を寄せて、なんだかとっても苦悩されているようですが、かまいません。わくわくが止まらない！）

リオのテンションはマックスだ。

「傷跡があることで、怖がらせたと思っていたオレは、どうしたら……」

アレクシオの些末《さまつ》な悩みは後回しにしてもらいたい。

「あ、あの……そしたら、今から、舐《な》めてみてもいいですか？　ちょっとだけ」

まくりあげた袖の部分をきゅっと握って、リオは甘えるようにアレクシオを見上げた。

夕食までにはもう少し時間がある。この腕の傷くらい、愛《め》でても大丈夫だろう。

「夕食の後まで、我慢できないの……」

ねだると、リオの視線の先で彼は息を呑み、うなずいた。

「すぐに寝室へ行こう」

そう言って、寝室へ運ばれてしまった。

「あれ、アレクシオ様!?　私が舐《な》めたいと言ったのですが。ちょ、待って、あれ!?　舐《な》めてほしいわけではないのですううぅ！　いやあぁん!!」

――などという平和な日常を繰り返し、リオとアレクシオは、お互いをより深く知っていった。リオの不思議な好みを。アレクシオのあまり物事に頓着《とんちゃく》しない性格や、底抜けの優しさを。

二人は互いに理解し合い、すべてを受け入れていった。そして、血のつながった家族や長年ともに過ごしてきた誰よりも、お互いのことがわかるパートナーとなっていく。

リオは、予感していた。いつか、すべてを話せるときが来る、と――

六

ある日、リオが昼食を食べ終え、侍女が片づけをしていたときのこと。

侍女頭であるアリーが肩に手を当てているのに気がついた。

「アリー、肩が痛いの？」

リオが声をかけると、アリーが驚いたように顔を上げ、慌てたように手を離した。無意識の仕草だったのだろう。彼女は「失礼しました」と、頭を下げる。

「申し訳ありません。ここ数日、肩こりが特にひどくなってしまって」

アリーはもう五十歳くらいになるはずだが、今まで体の不調を訴える姿を見たことはない。文句や不満を口にすることもないので、あまり人にネガティブなことを伝えない――耐えるタイプなのだと、リオは思っていた。

そんな彼女がつい仕草に出すのだ、相当悪いのかもしれない。

リオは心配で眉尻を下げた。

「それは大変ね。しっかりと温めてる？」

ここ最近、急に寒くなってきた。

今日はアリーにゆっくりと湯につかってもらってはどうかと、リオは考える。

公爵家の浴場は、主人たちが終わった後ならば、使用人も自由に使えるようになっている。

しかし、アレクシオもリオも寝室の浴場を使うことを好むため、最近は浴場に湯を張らない。

それで、このところゆっくりと温まっていないのではないだろうか、とリオは考えた。

(今日は湯を張るように侍従に伝えよう)

「温める、ですか？　湿布なら貼っています」

不思議そうに首をかしげるアリーに、リオは「それではダメよ」と言う。

「打ち身などの急性の痛みならば湿布もいいけれど、肩こりは慢性的なものよね。だったら温めなきゃ！　温めると血行がよくなって、固まった筋肉が柔らかくもなるでしょう？」

リオの説明に、きょとんとした表情をしたまま、アリーは曖昧《あいまい》にうなずいた。

(年配の方はよく知っていることだと思ったのだけれど、わからないのかしら？)

リオは少々不思議に思いながら、侍女に大きめのタオルを何枚かと、熱い湯の入った手桶を持ってきてほしいと頼む。

「シオ、今から女性以外はこの部屋に入ってはダメよ」

部屋のすみでリオのすることを不思議そうに見ていた家令を追い出し、男性入室禁止を伝える。

「はい。では、お茶の時間に、様子をうかがいにまいります」

家令は一礼すると、静かに下がっていった。

侍女が持ってきた手桶のお湯に、リオはタオルをつける。

「アリー、そこに座って。肩を出して」

リオが立っているのに、自分が座ることに難色を示すアリーを、無理やり座らせる。

リオは許可を取るとアリーの服の背中のボタンを外し、肩を出した。

アリーはそわそわと落ち着かない様子だ。

リオが手桶の中の熱い湯に手を入れタオルを絞《しぼ》るのを見ると、アリーは悲鳴を上げた。

「奥様！　火傷《やけど》してしまいます！」

「大丈夫。ほら、前を見て」

絞《しぼ》ったタオルを広げ、アリーの首と肩の間に押し当てた。

その上に乾いたタオルをかぶせ、強く撫《な》でるように手を滑らせる。

「う～ん、焼き石とか入れないと、すぐに冷えちゃうけど。こんな感じで、首と肩全体を温めるのよ。どう？」

「とても温かくて、気持ちいいです……」

アリーのほっとした声に安心して、リオは微笑んだ。

「それから、お風呂あがりにストレッチするの」

「すとれ……？」

(横文字は苦手なのね。ふふ)

リオは軽く笑って思う。周りの訝《いぶか》しげな視線に気がつかないまま、リオはアリーにストレッチの方法を伝授する。

「血行がよくなっているお風呂上がりが一番いいわ。無理のない程度にね」

そう言って、リオは締めくくった。

「奥様、それは腰痛にも効果的ですか？」

振り返ると、まだ若い侍女のサリが興味津々《きょうみしんしん》で聞いてきた。

「ええ、腰痛なら……」

ここで、リオは違和感に気がつく。部屋には、アリーを除いて四人の侍女がいる。その全員が興味深そうにホットタオルを見ていた。

（……え、もしかして、誰も知らないの？　普通、知っているでしょう？）

侍女たちの初めて見たかのような反応に、自分が湯たんぽを首に当てていた——前世のことを、思い出した。

（まずい。これ、前世の知識なんだ）

だけど、いまさら話をやめる方が不自然だと、リオはこの知識の披露《ひろう》を続ける。

「腰痛は、うつぶせに寝て、温めたタオルを当てるのがいいと思うわ。やっぱりすぐ冷えてしまうから、何度か繰り返した方がいいのだけれど、誰かにやってもらった方がいいわね」

——一般常識だと思いこんでいたこの知識は、前世でのもの。

まったく違和感なく、自分の記憶の中に存在した知識に、リオは動揺した。

何がこの世界の一般常識で、前世の世界のものなのか、区別が曖昧《あいまい》だ。

よく考えればわかるが、会話の中で、いちいち考えこんだりはしない。

リオは、知らずのうちに、この世界では一般的ではない――知られていないかもしれない話を披《ひ》露《ろう》してしまったということだ。

サリがアリーに「気持ちいいですか？」と、ホットタオルをかえながら聞く。

「奥様は、物知りでいらっしゃいますね」

アリーがしみじみとつぶやいた言葉に、ぎくっとする。

「カーディ商会で手伝いをしていたときに、他国の方に教えていただいたのよ。……いやね。いつどなたに聞いたのか、覚えていないわ」

ため息をつきながら言ってみると、なるほど、というような空気が流れた。

嘘を言っているため、「どの国の方ですか」などと聞かれたら、答えられない。言い訳は、曖昧《あいまい》なものにした。

――こんな風に、自分は今までも一般常識だと思いながら、周りの知らない知識を披露《ひろう》してきたのだろうか。

ふと、アレクシオとの婚約が決まったとき、兄に『バウンサー』をすすめたことを思いだした。『バウンサー』を知らない兄に、初めての子どもだからかなと思っていた。形状や、赤ちゃんが座るとその動きで勝手に揺れてくれるものだと、一生懸命に説明した気がする。

（……兄が知らないのに、私はどうして知っているの？）

その後、カーディ商会が『バウンサー』を取り扱いはじめたと聞いたが――

（あれは、もしかして、元々なかったものを、私が説明したことで開発したの？　まさか、私がアイデアを出したことになっている?)

小さな頃から、『妙な発想』をすると言われていたけれど、リオ自身そう感じたことはない。

家族は、それを聞いても笑っていたし、大きくなってからはわざわざ言われることもなくなった。

あきれたような視線は受けていたけれど。

前世の記憶を持つことは証明もできないし、出所《でどころ》の不明確な知識を疑われるのも、面倒くさい。

――この知識は、あまり人に言わないようにしよう。

リオは心に決めたのだった。


しかし、思い通りに行かないことは往々にしてある。

「奥様、のどが痛くて」

あの後、リオが休息している時間や仕事の合間に、侍女から相談を受けることが増えてきた。

リオがあまり手のかからない主人なので、普段は侍女が周りにいることは多くない。けれど、ここ最近はあちこちの仕事をしている女性たちが集まってくるのだ。

体の不調を訴えてくる女性たちを、リオは無視できなかった。

気持ちは理解できる。医術士に見せるほどの症状じゃないけれど、もしかしたら、この苦痛を緩和させる方法を知っているかもしれない人間がそばにいるのだ。聞きたくなるに違いない。

しかも、侍女は結構体力勝負な仕事。大きなものではなくとも、それぞれ体に不調を抱えている。

そんな状態なのに、心底申し訳なさそうに「何かいい方法はありませんか?」と聞いてくる侍女を無視できるはずもない。

リオが教える豆知識が重宝《ちょうほう》されるのは、この世界で『医術』と呼ばれるものが、医術士だけの専売特許とされているかららしい。病気を治す方法を、一般人が知っていることはまずない。

医術士は患者に様々な治療を施《ほどこ》し、回復に導くが、患者自身ができることを教えることはないのである。医術は、専門知識がない人間が施《ほどこ》すことはできない。間違った医術が広がらないように、それを専門に学ぶ人間以外には、秘密になっているのだ。

それを知ったリオは知識を披露《ひろう》することを迷ったが、目の前に困っている人がいては放っておけない。

「のど？　空気が乾燥しているものね」

この世界にはマスクが存在しない。顔半分を隠すという発想がないし、とてもおかしな格好だと思われる。

それを知ったリオは、寝るときに使うものだと言って、自分でマスクを作った。慣れないと少し息苦しいけれど、マスクをつけて一晩眠れば朝にはのどの痛みが緩和していると、とても評判だ。

「マスクを使ってもダメ？　首を覆《おお》う服を着て、首元を温めないとだめよ」

そう言いながら、リオは机の引き出しからはちみつ入りの飴を取り出して、侍女に手渡した。

「のどが痛いときって、飴を舐《な》めると痛みが和らぐでしょう？　特別よ。父にもらったの」

リオが軽く考えていた医学に関する知識は、この世界では常識ではないもの。一般人が知らない――というか、知っていてはいけない。

そもそも、リオの知識はこの世界での実証を取っていない。経験上、前世の知識はこの世界でも応用できると考えているが、科学的な根拠はないのである。

はちみつはのどにいいだとか、風邪のときはビタミンを摂《と》った方がいいだとか。今まで自分がやってみたときは効果があった気がするが、この世界のはちみつが、前の世界のものと同じ成分なのかなんてわからない。自分の知識には、この世界での裏づけが何もないのである。

そういうわけで、リオは侍女たちの相談に、曖昧《あいまい》にしながら答えるようにしていた。

相談に返答していると、リオは意外と前世の記憶が多いことに気がつく。前世の知識と今世で手に入れた知識、その両方を使ってリオは生活していたのだと、今更《いまさら》わかったのである。

しばらくして、あまりにも多くの侍女がリオと話をしたがるようになったので、家令はリオへの相談事を侍女たちに禁止した。

「奥様にご負担をかけてどうするのですか」

家令の叱責に、侍女たちはしおれてリオに謝罪した。

そうして、リオに話をしに来る侍女も減り、前世の知識を話すことはなくなった。

リオは安堵《あんど》と残念さが半々の気持ちで、息を吐いたのだった。

(そろそろ雪が降るかしら)

玄関の外でアレクシオを待ちながら、リオは暗くなった空を見上げた。

アレクシオと結婚して、もう三つの季節が過ぎていた。この冬が終われば、結婚して丸一年。

早いものだなぁと、リオは頬を緩めた。

そのとき、馬車が近づいてくる音がする。

馬車が止まると同時に、慌てたように出てきたアレクシオに、リオは抱きついた。

「おかえりなさいませ！」

「リオ！　こんな寒い場所で何をしているんだ！」

強い口調とは反対に、リオを抱きしめる彼の腕は優しくて温かい。

リオは幸せで、相好《そうごう》を崩す。

アレクシオはため息をつき、リオの肩を抱いて中へ促《うなが》した。

「リオ、もう夜は冷える。家の中で待っていてく……コホッ」

彼は話しながら軽く咳《せき》をして、続けて何度か咳《せ》きこむ。

咳《せき》が収まると、アレクシオはのどを触りながら、眉間にしわを寄せた。

「アレクシオ様、風邪ですか？」

「ん、あ〜……今、軍部で風邪が流行していてな。うつらないと思ったんだが」

のどの調子が変なのか、アレクシオは空咳《からせき》を繰り返す。

「うつらないって、どうして？」

リオは、首をかしげた。この世界に、『予防』という概念はない。

風邪を引かないために対策を取るということはないはずだった。

せいぜい、寒い場所に長時間いない、温かくする、というくらい。なぜ、うつらないと思ったのだろう。

「気力だ」

アレクシオの返答は残念すぎるものだった。

リオの表情を見て、アレクシオが不満げに言う。

「体力はあるんだ。うつらないよ」

なるほど。一理あるが、どんなにたくましい人でも、体が疲れたときに風邪を引いてしまうことはある。

「気をつけてね？」

リオは心配だったけれど、そう言うだけに留めた。

その夜、はちみつやショウガ入りのお湯をそれとなくすすめてみたが、「甘いものはいらない」と言って、アレクシオは飲んでくれなかった。手作りだから飲んでと頼むにも限界がある。

リオが悲しげにするから気が咎《とが》めたらしい。彼は不思議そうにしながらも、お酒を飲んだ後に、ショウガ湯だけ飲んでくれた。

「……？　熱でも出てきたかな？　体が熱い気がする」

ショウガの発汗作用が出ているのだろう。よかったと思い、リオも一緒に休もうとすると——

「リオにうつしてしまっては大変だから、今日はソファーで寝るよ。おやすみ」

アレクシオは自室に行ってしまったのだ。

………とんでもない誤算だった。

次の朝、リオは咳《せき》の音で目が覚めた。

「アレクシオ様？」

「ああ、おはよう」

ベッドのそばに、しゃがれた声で挨拶《あいさつ》して、またも咳《せき》を続けるアレクシオがいる。

（なんてこと！　かすれた声も素敵……じゃなくて！）

きっと、ソファーで眠ったから、体が冷えて風邪が悪化してしまったのだ。そこに思い至らなかった昨夜の自分を叱り飛ばしたい。リオがソファーで眠るべきだった。

「お医者様を……！」

「いや……ごほっ、今日は休めないから……ごほっごほっ」

「そんなに咳《せき》をしているのに！」

リオがどんなに怒って止めても、アレクシオは仕事に行ってしまった。

今は軍部で流行《はや》っている風邪のせいで人手不足らしい。警備に支障が出ているので、彼が出勤して補填《ほてん》しなくてはならないという。

リオは心配しているのに、「うつると困る」と、近寄らせてももらえない。明らかに熱があるのに、触れないから測れない。食欲もないと、彼は朝食も食べずに出ていってしまった。

そして、昼食後、公爵邸にアレクシオが運びこまれた。

「アレクシオ様っ⁉」

部下らしき二人に両脇を支えられたアレクシオの顔は、真っ赤だ。

「ああ、リオ、すまない」

そんな状態なのに、彼はリオに向かって手のひらを向け、拒絶する。

家令が侍女たちに慌ただしく指示を出して寝室を整え、医術士を呼ぶ手筈《てはず》も整っていく。アレクシオはよたよたと寝室に入り、ベッドに横になった。

軍部は本当に人手不足らしく、アレクシオを心配する様子を見せながらも、部下二人は慌ただしく帰っていった。


「風邪だの」

公爵邸にやってきたのは、リオが倒れたときも診《み》てくれた、白髪《はくはつ》の医術士。

薬を処方し、温かくして眠りなさいとだけ言った。

「先生、何か食べさせた方がいいものや、した方がいいことは……！」

リオが薬以外に何かないのかと追い縋《すが》ると、彼は眼鏡の奥の目を丸くする。そんなことを聞かれたことはないのだろう、少し考えてから答えた。

「食べられるのなら、果物《くだもの》を食べさせてあげなさい。すりおろしたリンゴなどはいいのう」

医術的に効果があると証明されているわけではないから、内緒だぞ。彼はリオの耳元でそうささやき、片目をつぶる。

「ありがとうございます……っ！」

思わず涙声になってしまったリオの肩を、医術士は軽く叩く。

「まあ、そんなに心配しなさんな。閣下は体力もあるし、すぐに回復するさ」

かっかと笑いながら、彼は帰っていった。

すりおろしリンゴ。風邪に効く成分のあるリンゴを、消化しやすいようにすりおろしたものだ。効果は証明されていないと、あの医術士は言っていた。ということは、そういった研究は公《おおやけ》にはされておらず、一部の医術士の中で広まっていることなのかもしれない。

リオの知識だって、効くかどうかは確証がない。

しかし、体に悪いものじゃないはずだ。

ショウガ湯では、失敗してしまった。発汗させて、冷たいソファーで寝たのだ。そりゃ、熱も出る。

でも、やはり元の世界の知識は、こちらにも通じるようだ。

(――――よし!)

リオは覚悟を決めた。

手作りのマスクをつけ、侍女に頼んだすりおろしリンゴを持って、アレクシオのもとへ行く。

目を覚ましていたアレクシオは、声が出ない分、咎《とが》めるような視線で首を横に振る。風邪を引いているから近づくな、ということだろう。

「言うことは聞きません! 私は、看病します!」

マスクはつけている。うがいもする。部屋を暖かくしているし、保湿のために濡《ぬ》れタオルも干した。

「私は、予防をしています。だから、うつりません！」

そう言って、胸を張るリオをアレクシオは不思議そうに眺める。

しばらくしてあきらめたのか、疲れたようにため息をついて、彼は目を閉じた。すぐに寝息が聞こえてくる。

せっかくリンゴを持ってきたけれど、リオはそれをテーブルの上に置いた。

（不可解に思われたってかまわない。風邪を引いたときは、これをする。そういうものだ、と押し切ってしまえばいいのよ。大切な人が苦しんでいるのだから）

リオは夜中も、アレクシオの汗を拭いた。汗で夜着が湿ったときは、着替えさせるために家令の手も借りた。

その合間に彼は少し目を開けて、「のどが渇いた」とつぶやく。水と一緒にリンゴを食べさせると、アレクシオは「うまい」と言って微笑んだ。


そうして、アレクシオはかなりの高熱を出しながら、一晩で回復した。

「リオ」

明け方、ベッドのすみでうとうとしているところを抱き寄せられて、リオは目を覚ました。

「アレクシオ様、熱、下がりましたね！」

まだカーテンから差しこむ光は暗い。

「ああ。ありがとう」

「よか……っぁ、ん」

喜びの声を出す前に、アレクシオはリオの口内に舌を差しこみ、好き勝手に味わっていく。

「ちょ、ちょっと、アレクシオ様！　アレクシオ様は風邪を引いていて……！」

さらにリオの体を撫《な》で回す彼の手を、両手で押しとどめようとする。リオの首筋に吸いつこうとする唇から逃《のが》れるために、リオは体をよじった。

「リオは、『予防』というのをしているんだろう？　だったら、うつらない」

問題ないと言い放つと同時に、リオの両手の防御が破られる。

『予防』という概念をすんなり受け入れてくれたアレクシオに感動したいところだが、今はそんな場合じゃない。

「ふあっ！　……ちがっ、うつるとかじゃなくて、病《や》み上がり……っん……！」

胸を揉《も》みしだかれ、唇で首筋に強く吸いつかれた。

「そうだ。二日間もリオを抱いていない。病気になりそうだ」

「そんなことじゃ、病気にならないっ……やんっ」

家令が出入りするため夜着になるわけにもいかず、リオは普段着のドレスでいた。それを邪魔だと言わんばかりに、アレクシオは次々と脱がしていく。手際のよさが恨めしい。

「リオを一日抱かなかったら、風邪になったんだ。今日も抱かなかったら、もっとひどくなる」

（なんというこじつけ！　無理やりすぎる！　風邪引いた方が先じゃない！）

そんな文句も言わせてもらえず、リオはあっという間に丸裸にされてしまう。胸の頂《いただき》に吸いつかれて、反対側もコリコリとこねられ、喘《あえ》ぎ声だけを上げ続ける。

ちゅ、ちゅぱ。わざと濡《ぬ》れた音を響かせて、アレクシオはリオの肌を吸う。

リオは彼の髪を掴み、襲《おそ》いくる快感に耐えた。

「リオ……かわいい」

満足そうにため息をついて、小さな胸に頬ずりをする大男を、リオは愛《いと》しいと思う。

もう、仕方がない。こうなったら、リオだって止められない。

昨夜、一人で寝ることが寂しくて泣きそうだったなんて、教えてはあげないけれど。

リオはアレクシオにキスをねだり、体を差し出した。

数時間後、完全回復したアレクシオは、愛する妻をベッドに沈めて、仕事へと向かったのだった。

◇

アレクシオが出勤すると、職場にホッとしたような空気が流れた。

これ以上人手が減ると、警備に穴が開きかねない。そうして、こんなときほど、警備の穴を狙う輩《やから》は出没するのだ。

本音を言えば、アレクシオはリオともっと寝ていたかった。

寂しかったと訴えてくる瞳の、なんと愛《いと》おしいことか。心配したと必死でしがみついてくる体を思う存分かわいがり尽くしたかったが、そうできない状況がつらい。

そして、リオのことを考えて、アレクシオは軽くため息をついた。

昨晩、リオは『風邪の予防』をしていると言った。

しかし『病気』というのは、勝手にかかってしまうものであり、『予防』などできないはずだ。

以前、リオが一般人では知り得ないような知識を、屋敷の使用人たちに披露《ひろう》したと聞いた。リオはアレクシオにばれていないとでも思っているのだろうか。使用人のことを家令が把握していないはずがない。そして、家令が知ることを、アレクシオが知らないはずがないのだ。

医術に関する知識。それは、医術を専攻し学ぶ者にしか知ることを許されていないものである。

アレクシオは軍部を指揮する立場上、少々勉強したが、処置などはまったくできない。

この国では、医術士以外が処置を行うことを固く禁じているからだ。医術は体を操《あやつ》る術。一般の人間が扱っていいものではない。

リオが知っていることは、通常の医術の範囲からは外れるような気もするが、アレクシオには判断がつかない。『風邪の予防』なんてこと、発想すらなかったのだ。

体を鍛えれば風邪を引くことは少なくなるが、目に見えない病《やまい》を防ぐことなど、できるはずがない。それが常識だが、リオはそう思っていないようだった。

カーディ商会の末っ子、リオ。カーディクルソン男爵領で生まれ育ち、数年前に王都へやってきた。

商人のところには、ありとあらゆる情報が集まるという。そこで手に入れた知識だとリオは説明したらしいが、嘘だろう。商人に人脈があるように、アレクシオには権力と情報網がある。その情報網にかすりもしない医術関係の知識が、リオに伝わるはずがないのだ。

——さらにリオは、特殊嗜好《しこう》の持ち主であるとも判明した。

一般的に好まれないアレクシオの見た目が好きだという。

多くの人に愛される細い男性より、軍人など体が大きい男の方が好ましいらしい。

しかも、傷跡を舐《な》めたいと言ったり、脱がしたいとアレクシオの服を剥《む》きはじめたり、行動もなかなか刺激的だ。

少し変わった思考回路を持つとは常々感じていたが、ここまでおもしろいとは思わなかった。暴走しすぎたと感じたとき、彼女ははっとして、アレクシオの顔をおそるおそるのぞきこんでくる。

特に表情を変えずにいれば、ほっとした笑顔を見せるリオがかわいい。

リオは自分をかわいくないとか太っているとか思っているようだが、そうも自己評価が低いのは、特殊嗜好《しこう》だからだろうか。アレクシオはつくづく不思議に思う。

医術関係の知識を持っていることといい、特殊な好みといい、リオの生い立ちとイメージがつながらない要素だ。リオは何か隠し事をしているような気がする。

二人きりのときに、少しくらい突飛な言動があってもかまわない。ただ、嫌ったりしないと言っているのに、リオは時々、不安そうな視線を向けてくる。

その視線は、彼女が自分を好きだからこそそのものだと、アレクシオは知っている。それを心地いいと感じる自分は、ひどい男だろうか。

リオが隠していることを知りたくない、と言えば嘘になる。

しかし、アレクシオはリオを愛し、彼女もまた自分を愛してくれている。

今はそれだけでいいかと思った。

◇

季節がまた一つめぐり、春——社交のシーズンがやってきた。

リオにとって、アレクシオに初めて出会い、彼と結婚した、幸せな思い出の多い季節でもある。

今日は、公爵家主催の舞踏会の日。夜、リオがドレスに着替えてリビングに行くと、アレクシオが家令に睨《にら》まれていた。

彼は、舞踏会や茶会などという社交の場が、あまり好きではないらしい。

しかし、公爵となれば、夜会をすべて断ることはできない。出席して、それなりに交流もしなければならない。

その断れない夜会の中でも大きなものは、王家主催のものとサンフラン公爵家主催のもの。

嫌ならば、そもそも催《もよお》さなければいいのに。リオはそう思ったが、貴族である以上、そんなわけにはいかないらしい。

舞踏会を開くには、それなりにお金がかかる。料理も酒も大量に振る舞い、会場に華やかな飾りつけを施《ほどこ》し、警備を強化しなくてはならない。社交シーズン中は舞踏会があちこちで開かれ、高位貴族ならば、当然として最高のもてなしが要求される。

公爵家の夜会は家令が取り仕切ってくれるが、今回はリオも手伝っている。一緒に料理や飾りつけの選択をし、招待状などを書くのはリオの仕事だ。

そして、舞踏会で着飾ってお客様に挨拶《あいさつ》するのも。

リオは、アレクシオと家令の間に流れるぴりっとした空気が気になり、家令を見る。すると、彼は意図を察し、小声で教えてくれる。

「旦那様が、奥様を舞踏会に出したくないとおっしゃったのです」

おそらく――着飾ったリオが多くの人と話をするのが、気に食わないということなのだろう。

この一年で彼の嫉妬《しっと》のツボを心得たリオは、場の空気を気にせず、アレクシオに声をかけた。

「アレクシオ様、どうかしら？」

リオはアレクシオの目の前で、くるりと回ってみせる。

リオも夜会を面倒に思うことはあるが、彼と参加する夜会は好きだ。

アレクシオが、普段着ない盛装をするから。その麗《うるわ》しい姿のアレクシオが、大切そうに自分をエスコートしてくれるのだ。幸せに決まっている。

そして、ダンスは羽が生えたように、ふわりふわりと踊れる。実際はアレクシオがリオを支えて、転ばないようにしながら踊っているのだが、彼の手によって飛んでいるみたいな気分になる。

今日のリオのドレスは、彼の隣にふさわしい、大人びたもの。シンプルながらも体型がカバーできて、綺麗に見えるドレスを選んだ。

「綺麗だよ」

そう言いながら近づいてくるアレクシオに、リオは微笑みかける。

お礼を言おうと口を開く前に、彼にそっと背中に触れられ、ぴくっと反応してしまった。

熱くなった頬を押さえてアレクシオを見上げると、嬉しそうに笑う瞳と目が合う。

わざとリオが反応するように触ったのだ。睨《にら》みつけると、アレクシオはさらに笑みを深める。

「とても似合う。ほかの人に見せるのが惜しいくらいだ」

憎らしい。けれど、そんなふうに惜しみなく褒《ほ》めてもらっては、リオは顔がにやけるのを止められないのだった。


機嫌を直したアレクシオに腰を抱かれて、リオは玄関に来た。

するとちょうど、馬車の音が聞こえてくる。

リオは、公爵家主催の舞踏会に初めて主人として出席するのだと、実感した。

「はぁ、緊張する」

胸を押さえて息を整えようとすると、隣でアレクシオが噴き出す。

むっとして彼を見上げる前に、アレクシオの方が体をかがめて――

「大丈夫。誰よりもかわいいよ」

そんな言葉とともに耳にキスをされた。

そばにいる家令のあきれた顔が、いたたまれない。アレクシオの機嫌はよくなりすぎたようだ。

しかし、それによって緊張もほぐれ、順調に客人を迎えることができた。

客人が揃う頃、豪奢《ごうしゃ》な馬車が公爵邸に入ってきた。本日の主賓《しゅひん》である王太子殿下と王女殿下だ。

「ご招待ありがとうございます」

「いらしてくださって光栄です」

簡単に挨拶《あいさつ》を済ませ、二人が室内に進んでいく。

主賓《しゅひん》の登場をきっかけとして、主催者であるアレクシオとリオも会場内へと戻る。

ようやく、最初の大きな仕事が終わった。

リオがほっと胸を撫《な》で下ろしていると、侍従が「王太子殿下がお呼びです」とアレクシオに声をかける。

アレクシオは眉を寄せて、聞こえないふりをした。

(いや、そんなの無理だから)

リオと侍従が戸惑っていると――

「おい、アレク。王太子殿下がお呼びだと言ってるだろう」

王太子ご本人が登場した。

「……なんですか」

アレクシオは、顔をしかめて王太子殿下を見下ろす。

リオが心配になるほど横柄《おうへい》な態度だが、王太子殿下は愉快そうに肩を揺らした。

「正直者だな。嫌だという気持ちが前面に出ていて、俺は愉快だ」

「私は何か面倒事を押しつけられそうで、大変遺憾《いかん》です」

(そんなこと言っていいの!?)

リオは驚くが、王太子殿下とアレクシオは従兄弟《いとこ》だ。

多分、旧知の友人のような関係なのだろう。

不機嫌顔のアレクシオを放って、王太子殿下はリオに挨拶《あいさつ》をしてくる。

「サンフラン公爵夫人は、本日も非常にお美しい。できることならば、私があなたをエスコートしたかった」

「まあ。光栄ですわ」

よく聞く社交辞令なので、リオは浮かれることもない。ただ、にこやかに返事をすると、なんだか妙な顔をされた。アレクシオも、びっくりした顔でリオを見ている。

リオが首をかしげると、王太子殿下は残念そうにしながらも、アレクシオに顔を向けた。本題に入ることにしたようだ。

「アレク、キュリーの相手をしてほしいんだ」

「お断りいたします」

アレクシオは、間髪容《かんはつい》れずに断る。

王太子殿下は、そんなアレクシオの態度も想定内だったのだろう。まったく動じていない様子で語りだす。つまり用命は、キュリー王女殿下を『悪い虫から遠ざけろ』だ。

ここには、王太子殿下の婚約者も来るという。彼はそちらの相手もしなければならず、その間、キュリー王女殿下が一人になってしまうというのだ。

だったら王女殿下を連れてこなければよかったのに。そう思ったが、「一人になってもいいから、舞踏会に参加したい」とキュリー殿下が言い出したそうだ。なんでも、結婚相手を自分で見つけたいと息巻いているらしい。

リオは、同じ女性として痛いほど気持ちがわかる。愛し愛される人との結婚は、きっと、だれでも夢見ることだと思うから。

王女殿下は、リオより一つ下だったはず。

(アレクシオにおびえると言っていたけど、大丈夫なの?)

目の前には、胡乱《うろん》なまなざしのアレクシオと、人の悪い笑みを浮かべる王太子殿下。

終始無言の二人が何を考えているのか、リオにはまったくわからない。

しかし、しばらくしてアレクシオは天を仰《あお》ぎ、あきらめたようにため息をついたのだった。

結局、アレクシオは王太子殿下が不在の間、キュリー王女殿下の相手をすることになった。そのため、今日はずっと一緒にはいられない。

結婚して舞踏会に二人で出席するようになって、初めてのことだった。

もちろん、主催者なので、一曲目はサンフラン公爵夫妻として中央で踊ることが決まっている。

その後、アレクシオは王女殿下が一人きりにならないよう、エスコートしなければならない。

王太子殿下からの命令だ。従うほかないが、リオだって寂しい。

「すまない、リオ。待っていてくれ。リューク殿、よろしくお願いします」

はじまりのダンスを踊り終えると、王太子殿下は早々に婚約者の方へ向かった。アレクシオは急いで王女殿下のそばに行かねばならず、リオは兄のリュークのところに置いていかれてしまった。

リオの父も夜会に来ているが、人脈づくりのために飛び回っている。そのため、アレクシオに兄と一緒にいてほしいと言われたのだ。

アレクシオが立ち去ると、リオは大きくため息をつく。

「あ〜あ」

「残念感たっぷりの視線を向けないでくれるか、妹よ。オレはまったく悪くない。むしろ被害者だ」

それなりに忙しい兄が言う。

リオは、遠ざかっていくアレクシオをぼんやりと目で追った。

彼は王女殿下のもとに着くと、腰をかがめて挨拶《あいさつ》する。

王女殿下が、びくんっと大きく体を震わせたのが、離れていてもわかってしまった。

(小さな頃から会っていても、アレクシオ様が怖いのかしら……)

アレクシオはそのまま手を差し出して、首をかしげて待っている。

王女殿下はしばらくじっとしていたが、おずおずと手を差し出した。

ほっとしたように、アレクシオの肩から力が抜ける。

王女殿下は、アレクシオの婚約者候補――

以前、そんな噂を聞いていた。リオが二人の仲を誤解したのは、その噂を耳にしたからだ。

「妹よ、これを食え。うまいぞ」

兄が何かを差し出してくるが、無視する。

王女殿下とアレクシオから目が離せない。

彼女はおびえながらもアレクシオを見上げた。彼は、王女殿下を安心させるように、辛抱《しんぼう》強く腰をかがめたまま、何かを話しかけている。

「王女殿下……なんてかわいらしい方かしら」

キュリー殿下は、細い体に、白く輝く肌、艶《つや》やかな金髪、つり目気味の大きな瞳……さらに谷間があった。最後の部分が重要だ。柔らかそうでうらやましい限りである。

小さな体に、しっかりとした胸。萌《も》え要素満載《まんさい》だと思う。

リオは、二人がお似合いだと思ってしまいそうになる思考に、必死で抗《あらが》っていた。

◇

ほう……と切なげにため息をつくリオを見て、兄リュークは一応慰《なぐさ》めてみようとする。

「妹よ。お前の方がかわいいぞ」

その途端、妹がじろりと睨《にら》んできた。兄の言葉をまったく信じていないらしい。

今まで何度となく、『リオはかわいくて、誰からも求婚されるだろう』と本心で言ってきたが、信じてもらえないのだ。そろそろ飽きてきた。

王女殿下もかわいいことはかわいいが、リオの方が小柄で魅力的《みりょくてき》だ。

王女殿下の少しつり目がちな瞳、細面《ほそおもて》、谷間も、リオの好みらしい。しかし世間一般ではそうではない。

どれだけ周りの人間が『かわいらしい』と褒《ほ》めたたえても、それがお世辞だと信じこんでいるリオには、通じない。公爵夫人となり、地位が高くなってしまった今となっては、なおさらだ。公爵夫人を褒《ほ》めない人間など、いないのだから。

そんなわけで、リオが『かわいい』と言われて頬を染める相手は、アレクシオしかいなくなっている。

「身内びいきもここまでくれば、あっぱれだわ」

そう言ってやれやれと首を横に振るリオに、リュークは残念さしか感じない。

どこをどうして、どうやったらこんな価値観になるんだ。もっと一般的な価値観を学びなおせ、と声を張り上げたい。

「お前の頭の中身こそあっぱれだ」

なぜ、そこまで特殊な好みになれるのか。さらに、どうしてそれを普通だと思えるのか。

リュークには少しも理解できない。

「何よ。寂しがる妹になんて冷たいの」

むくれる妹に、兄は冷たい視線を送る。

「文句は俺が言いたい。お前はケーキでも食ってろ」

リュークがいくつかケーキを載せた皿を手渡すと、リオはおとなしく受け取って、ケーキを口に運ぶ。その最中、彼女が王女殿下とアレクシオから視線を外すことはなかった。

（そんなに心配する様子か、あれが？）

キュリー王女殿下とアレクシオは、ひたすらぎこちない。

おびえるウサギと、それにそっと近づこうと四苦八苦している優しいオオカミさん、くらいにしかリュークには見えない。

万が一、王女殿下がアレクシオを好ましく思っていて、あれが照れている態度だったとしても、アレクシオにその気がないのは一目瞭然《いちもくりょうぜん》だ。

一曲二曲踊って、義務は果たしたとばかりに、リオのもとへ戻ってきたいに違いない。

「アレクシオ様に、あんなことをされたい……」

リオの発言に、リュークはまた理解に苦しむ。

（あんなことってどんなことだ。もしかして、あれか？　嚙《か》みつかれまいとおずおずと、近寄ってきてほしいってことか？　意味がわからないぞ、妹よ）

そう思いながらも、リュークは口を開く。

「お前と一緒にいるときの方が、閣下も嬉しそうだよ」

「知ってるわ！」

フォローに対して、きっぱりと断言するリオ。リュークはイラッとした。

「ああ、だけど、あんな態度も新鮮。……私も、おびえてみたらいいのかしら」

(また妙なことを考えはじめた。どうしたらいいのだろう、この迷惑すぎる妹は)

リュークは痛む頭を抱える。そうしている間に、リオはおびえる練習をはじめた。

妹を横目に見て、リュークはため息を我慢するためにワインを口に含む。

そしてぼんやりしていると、リオがリュークの袖を引いた。

「お兄様、手を出して？」

リュークが言われた通り手を出すと、リオはびくっと体を揺らす。

意味がわからずに顔を見れば、彼女はなぜか得意げだ。

「お兄様、どうだった？　上手？」

(かわいい妹だ。これは、どんなことをしてもかわいい妹………)

そう自分に言い聞かせたが、リュークにも限界がある。

「この、バカタレめ！　何やってるんだ！」

毒づいた兄に、リオは唇をとがらせる。そんなに怒らなくていいのにと、彼女は文句を言った。

文句を言いたいのは、リュークの方だ。公爵は、よくリオと結婚生活を送れるものだと敬意を表したくなる。

「大体、そんなもの上手になってどうする気だ？　相手に失礼だろう。まず、いい感情は抱かれない……」

「リオ」

リュークがリオに苦言を呈《てい》しているとき、ようやく王女殿下から解放されたアレクシオが近づいてきた。

王太子殿下の婚約者が、王女殿下のあまりのおびえっぷりを見て、私と一緒にお話ししましょうと助け舟を出したらしい。

同情されたのは、王女殿下かアレクシオか……。微妙だな、とリュークは考える。

ふと見ると、リオはアレクシオに向かって不安そうな表情を作っていた。

リュークは非常に嫌な予感に襲《おそ》われる。

「リオ、どうした？」

アレクシオが手を伸ばしてくるのに合わせて、リオがびくっと体を震わせた。

リュークの口は、ぱっくりと大きく開いてしまう。

自分の満足のいくおびえぶりを披露《ひろう》できたと思っているのがありありとわかる顔で、リオはぱあっと笑った。

一方、アレクシオは無表情だ。彼はリオに向って伸ばしていた手をひっこめ、踵《きびす》を返す。

「ア、アレクシオ様!?」

リオは、アレクシオの態度に驚いて声を上げた。けれど、彼はさっさと向こうへ行ってしまう。

「……どうして……？」

アレクシオの態度に呆然としている妹を、自分は慰《なぐさ》めるべきなのか、リュークは悩んだ。

（こんなのから解放された方が、閣下も幸せじゃあないか？　オレならそうだ。ああ、だけどリオが出戻ってくる方が面倒くさい）

リュークがひどいことを考えている間も、リオは呆《ほう》けたままだ。

「王女殿下には、あんなに辛抱《しんぼう》強く、手を伸ばし続けていたのに……。何が違ったの？」

「この、バカタレが！」

無視しようかとも思ったが、リュークは、リオの思考が妙な方向に行こうとしているのを見過ごせなかった。

突然、リュークに怒鳴られて、リオは彼を見上げた。

リオだけに聞こえるくらいの音量だけれど怒りを含んだ声で、リュークはリオを叱る。

「今の態度は、ひどい。何してるんだ、お前は！　妻におびえられて、笑えるとでも思っているのか!?　ようやく役目を終えて戻ってきた夫に、なんて態度だ」

リュークがそっと周りを見渡すと、数人がこちらの様子をうかがっていた。

「閣下がおまえのことを想ってくれている気持ちを疑うな」

リオは、泣きそうなほど顔をゆがめる。リュークは眉をひそめて手を振った。

「すっとこどっこいめ。泣くなら会場から出てろ。閣下に行くように伝える」

「はい」

消えそうなほどの小さな声で返事をして、リオは会場の出口へ向かう。

主催者夫婦のいざこざは、かなり目立つ。リュークは舌打ちしたくなるが、ここでイライラしたところで、人の口に戸は立てられない。

どうしようかと思考をめぐらせていると、アレクシオの姿を見つけた。彼は、リオが会場を出ていく後ろ姿を、心配そうに見ている。

リュークは、するするっと彼に近づく。父や妹は、歩くとなぜか人目を集める。しかしリュークは、人に気づかれずに歩き回るのが得意だった。

アレクシオのそばまで行くと、リュークは彼に詫《わ》びる。

「閣下。悪いね、妹が」

「いいえ、リオは、何かありましたか？」

アレクシオが心配そうに聞いてきた。話を聞くと、リオは何かショックなことがあって、自分に近づかれるのが嫌なのだと解釈したらしい。

妹にはもったいないほど優しい男だと、リュークは感心する。自分が傷つけられるばかりか、公爵家に泥を塗るような態度だったことは、わかっているだろうに。

「いや、何もない。ただ、びくってする練習をしていたよ」

「…………は？」

「うん、意味がわからないってことは非常によくわかる。妹はアホなんだ。本当にごめん」

頭の中は疑問符だらけだろうに、アレクシオは「何もなければいいのです」と、困ったように笑った。

「とりあえず、叱っておいた。部屋に行ったと思うが……」

リュークが周囲に視線をめぐらせると、心得たようにアレクシオはうなずく。

「三十分、時間を稼《かせ》いでいただけますか？」

「三十分か。まあ、充分な時間だな。文句を言うようだったら殴れ」

「嫌です」

笑いながらきっぱりと答えて、アレクシオは堂々と会場を後にした。

「なんだ、リオがまた何かしたか？」

そこへどこからか、カーディクルソン男爵が顔を出す。

「したした。最低だ。嫉妬《しっと》に駆られて、客人たちの間で公爵夫婦の不仲説が出てきそうな態度を、夫に披露《ひろう》しやがった」

「おや、まあ」

くっくっくと笑う男爵はひどく嬉しそうだ。

「まあ、笑い事じゃないんだけどな。さ、時間稼《かせ》ぎは三十分だ。噂の回収に回るよ」

人脈を広げるどころじゃなくなった事態に、リュークはため息をつきながら父を促《うなが》す。

「はっ、骨が折れるな」

男爵とリュークは、主催者夫婦の不在を埋めるべく、動き出したのだった。

◇

アレクシオが会場から出てくるのを、リオは出口近くの観葉植物の陰から見ていた。

そして、彼が近くを通りかかったところで、捕まえようと飛びかかり――あっさり拘束された。

あまりにスマートに腕をひねり上げられそうになったところで……

「リオ、何しているんだ」

アレクシオの咎《とが》めるような声がした。

「こんな暗いところで一人でいるだなんて……」

アレクシオが話しているのを無視して、リオは彼の腕を掴む。必死で言葉を紡《つむ》いだ。

「ごめんなさいぃ」

力の限りアレクシオの腕を握って、リオは謝る。

「ん？　いいよ」

握られていない方の手で、アレクシオは彼女を引き寄せた。

リオは、すっぽりとアレクシオに抱きしめられる。抵抗しないリオに安心したように、彼がため息をついた。

「アレクシオ様……？」

「何？」

「理由、聞かないんですか？」

「教えてくれると嬉しいが、まあ、リオがここにいてくれるなら、聞かなくてもいい」

アレクシオに抱き上げられ彼の顔が近づいてくる。廊下の出窓に座らされ、軽くキスをされた。

アレクシオはリオの顔を正面から見て、軽く笑う。

「なんだ、その顔」

リオの顔は、眉も口も力を入れすぎてこわばってしまっている。

その頬をアレクシオの両手に包みこまれて、リオの表情筋が緩みそうになる。

「だって、泣く権利なんてないと思って、我慢してるの」

リオにもようやく、自分がひどい態度を取ったことがわかった。自分のことしか考えていない、子どものようなことをしたのだ。

すると、不思議そうにアレクシオは言葉を紡《つむ》ぐ。

「泣くのに権利なんか必要ないだろう？　泣きたいから泣くんだ」

アレクシオはリオに泣いてほしいのか、はたまた泣かないでほしいのか。

わからないけれど、甘やかされるように目元にキスをされ、優しく頬を撫《な》でられたら、リオは我慢できなかった。

怒られているときよりも、優しくしてもらっているときの方が、涙を我慢するのは難しい。

侍女に、こんな顔を見られては困ると、観葉植物の後ろに隠れていたのだ。自分を客観視できるようになればなるほど、早く会わなければ嫌われてしまうと不安になって、アレクシオを待ち伏せしていた。

こんなに、あっさりと許されるなんて、思っていなかった。

「リオが悪かったと思っているのが伝わるから、それでいい」

そんなに騒ぐほどのことじゃないと、アレクシオは言う。

アレクシオの優しさに、リオはどうにかして応《こた》えたい。とても悪いと思っているのに、うまく言葉にできない。

アレクシオは、それさえも許して、大丈夫だと言ってくれる。

リオは思考がまとまらないまま、話しはじめた。

――王女殿下に、アレクシオはずっと笑いかけていた。

私にも、同じくらい……それ以上に笑顔が欲しい。ううん、私の方がたくさんじゃないと嫌。

腰をかがめて、顔を近づけて、笑ってほしい。王女殿下にしたこと全部、私にもしてほしい――

「アレクシオ様は私の旦那様なのに、王女殿下が、独り占めするなんて。そんなのダメだもの。私だって、私だって……」

アレクシオは、リオの言い分を理解して、少し赤くなる。

「だから、どうしてオレと王女殿下を結びつけられるんだ」

不思議そうにしていたが、結婚当初リオが彼と王女殿下の仲を疑っていたことを思い出したのか、申し訳なさげな顔になる。彼は、リオの顔をのぞきこんだ。

「――リオ。オレに考えが足りなかったようだ。不安にさせて、すまない」

「アレクシオ様が謝ることではないの。ごめんなさい」

リオは小さな声で、もう一度謝った。そうして、アレクシオを見上げて……

「どうして、笑っているの」

真面目に謝っている最中だというのに、嬉しそうなアレクシオを見て、リオは眉間にしわを寄せた。

「ん、ああ……悪い。嬉しくて」

笑いながら、アレクシオはそっとリオを抱き寄せ、小さな声でささやく。

「そんなに、オレのことが好き？」

「〜〜〜〜〜〜〜っ！」

リオは、声にならない悲鳴を上げる。一瞬で熱くなった顔を隠すために、アレクシオの首筋に顔をうずめて、力いっぱい抱きついた。

（――当たり前じゃない！）

そんな言葉は、今はちょっと悔しいから言ってあげない。アレクシオには、ばれているような気がするけれど。

「ああ。……さあ、泣きやんで。そろそろお客様のお相手をしなければ」

アレクシオが、リオをそっと立たせる。

「このまま、休ませてあげたいけれど、ごめん」

そう言ってくれるアレクシオに、リオはしっかりと笑顔を返した。

もっと慰《なぐさ》めて、甘やかして、不安など完璧に取り除いてほしいのに、身分と今夜の状態が邪魔をする。

だけど、そんなものはわかっていたこと。

公爵閣下という身分の彼を好きになって、彼の隣に立ちたいと思ったのだ。

唇をきゅっと引き締め、リオはこくりとうなずいた。

会場に戻ると、カーディクルソン男爵親子が、痴話喧嘩中のサンフラン公爵夫婦の日頃の様子について話し、不仲説に上書きしている真っ最中だった。

顔を濡《ぬ》れタオルで拭いて落ち着かせたリオは、完璧な笑顔で来客に対応する。

さっきの汚名を返上するには、完璧に振る舞わなければならない。

ピンと張り詰めた糸の上を歩くように、リオは精神を研《と》ぎ澄ます。

もう失敗はできない。怖くて震えそうになる腕にも足にも力を入れて、リオは無理やり笑った。

しかし、そこにリオの笑顔を凍らせる相手が近づいてきた。

「サンフラン公爵」

キュリー王女殿下と、王太子殿下、そして王太子殿下の婚約者だ。

「先ほどは失礼しました」

王太子殿下から一歩下がった場所から、王女殿下は軽く膝を曲げて挨拶《あいさつ》をする。

リオはそんな彼女をじっと見つめていた。

さっきまで、アレクシオの王女への態度ばかりを見ていた。しかし、王女殿下のことは、容姿以外見ていなかったのだ。

王女殿下は、「あの態度はまずい」とほかの二人に言われたのか、やり直しに来たらしい。

「アレクシオ、妹とダンスをしてもらえるか？」

エスコート役の王太子殿下が、王女殿下のかわりにダンスを申しこんでくる。

しかし、王女殿下は顔をこわばらせたままだ。「一曲だけ我慢すればいい」などと思っていそう。

アレクシオも、王女殿下も、王太子殿下も――誰も本当には望んでいない。

リオは、どう返答しようかと迷うアレクシオの左腕にしがみついた。彼が驚いて自分を見下ろしているのがわかる。

でもリオは、必要のない我慢なんてできない。どんなに格好悪くても、少しでもアレクシオを譲《ゆず》るのは嫌なのだ。――公爵夫人として。

「だめ、です」

リオが、震える声で言った。

(だって、誰も彼もが嫌がっているのに。『とりあえず、一曲くらい踊っておくか』なんて適当なお誘いは、許せない。そんなことのために、少しの間だろうと、アレクシオ様を渡せない)

その場にいる人間は、みんな目を丸くして、リオを見つめる。

リオは、じわりと涙がにじんだ目で、懇願するように王女殿下を見た。

「ごめんなさい。いや、です」

そう言った後で、我慢できずにくしゃっと顔をゆがめてしまう。

（――ああ、毅然《きぜん》とした態度を取るつもりだったのに、最初からダメだったとは情けない）

アレクシオは慌ててリオを抱き上げ、ほかの誰からも彼女の表情がわからないように、包みこんだ。

◇

アレクシオは、突然泣き出したリオを咄嗟《とっさ》に抱きしめた。

貴族社会では、大笑いしたり、泣いたり怒ったりという大きな感情表現を公《おおやけ》の場ですることは、はしたないとされる。

だから、アレクシオは泣き出したリオを隠した。隠しても、泣いていることが周囲にわかってしまえば同じだが、泣き顔をさらすよりは余程いいだろう。

しかし、アレクシオにこの場を収める話術はない。困りながらも、なんとかせねばと言葉を紡《つむ》ぐ。

「申し訳ありません。妻は……あ～……」

アレクシオは、どう言ったものかと迷っていると、後ろからのんびりした声がする。

「ついに泣いたか。ずっと、王女殿下に嫉妬《しっと》しまくっていたからなぁ」

気づけば、リュークが真後ろに立っていた。

リオの嫉妬心《しっとしん》をばらすリュークに驚いていると、彼はどんどん話を進めてしまう。

「閣下、殿下方、申し訳なく思います。不肖《ふしょう》の妹はいまだ幼く、初めての嫉妬心《しっとしん》を抑えきれなかったようです。兄として、妹の非礼をお詫《わ》び申し上げます」

リュークは、芝居がかった大きな動作で頭を下げる。

アレクシオは対応に困る。リオの名誉のために止めるべきではないだろうか？

だが、彼がリオの不利益になることをするとは思えなくて、アレクシオは戸惑うばかりだ。

「王女殿下。大変お美しく、夫のそばにいるあなたを、妹は憧憬《どうけい》の眼差しで見ておりました。あなたのようになりたいと。それが間違った形で出てしまったことが、残念でなりません」

「ま、まあ」

王女殿下が満更《まんざら》でもなさそうに頬を染める。

リオは現在、社交界で一番愛らしいと評判の娘だ。その娘に称賛され、かつ嫉妬《しっと》されたというのは、最上の褒《ほ》め言葉になる。

ふと、アレクシオは周りの視線に気がついた。

リオは温かな視線で眺められている。彼女は今、一生懸命アレクシオにしがみついていた。

まるで、子どもが大切な宝物を全身で守っているかのよう。——実際、彼女は成人女性で、宝物はこの場の誰よりも大きな男だったが。

「なるほど。熱愛中というわけか」

そんな、からかうような声が聞こえる。

間違っていいない。しかし、あからさまに言われると、なんとも照れくさい。

そこでアレクシオは、一度この場を退避することにする。

「皆様、せっかくの夜会でこのような事態となったこと、お詫《わ》び申し上げます。どうぞ、私どものことはお気になさらず、今ひとときのご歓談を。そして、主催者たる私どもが席を外すのは非常に無礼と存じますが、少々、妻を慰《なぐさ》めてまいります。お見送りの際には笑顔であることを、必ずお約束いたしましょう」

ひと息に言って一礼すると、アレクシオはリオを抱いたまま会場を後にしたのだった。


アレクシオは会場から出て、そこから離れた二人の寝室へ戻る。貴族社会は噂好きなものが多く、どこで聞き耳を立てられているかわからない。

寝室のソファーにリオを下ろし、もう二人しかいないと声をかけると、彼女はそっと顔を上げた。

涙は止まっていたが、顔が真っ赤だ。

「ごめんなさい」

リオがまた謝った。

「いいよ」

アレクシオは、ふたたび潤《うる》みだした彼女の目元にキスを落とす。

「リオ、愛してるよ」

そう言って、頬にもキスをする。リオはびっくりした顔になり、「怒ってない？」と聞いてきた。

「最初から、いいよと言っただろう？」

アレクシオは笑いながら答える。

ささやくような声で、リオは「ありがとう」とつぶやいた。

◇

リオはアレクシオの腕の中で、幸福感にひたっていた。寝室のソファーに腰掛けた彼に、包まれるように抱きかかえられている。

(――アレクシオ様は、本当に大きな人ね)

体だけじゃなく、心もだ。

リオが何を考え、どんなに馬鹿なことをしても、抱き寄せて「いいよ」と言ってくれる。

彼の存在が、どれだけリオに安心感を与えてくれているか、きっと彼は知らない。

リオを泣きたくなるほどの幸福感に包んでくれるのに、なんてことのない顔をしている彼――

「愛しています」

涙をぽろぽろ流しながらリオが言うと、アレクシオはとてもうれしそうに笑う。

そのとき、もしかしたら、とリオは思った。

(ああ、もしかしたら――今、アレクシオ様に言えるかもしれない)

その思いに突き動かされるように、リオは言葉をこぼす。

「アレクシオ様。――私には、前世の記憶があるのです」

突然、リオが話しはじめた内容に、アレクシオは首をかしげる。

信じてもらえないかもしれないし、そもそも話したところで、何かいいことがあるわけでもない。だけど、記憶の中にしかないものや風景のことを、誰かに話せる日が来たら——そんな突飛なことを信じてもらえたら素敵だな、と思っていたのだ。

「そのとき暮らしていたのは、この世界じゃなくてね。私……リオでもなかったの。まったく別の人間として、全然違う生き方をしていた頃の記憶が、ぼんやりだけどあるのです」

「ふぅん……？」

アレクシオは、不思議そうに聞いている。信じているとも、疑っているとも言えない表情をしていた。ただ、膝の上で自分に一生懸命伝えようとするリオを、彼は眺めていた。

「だからね、私、リオとして経験していないことの知識もあって」

「…………経験してないこと？」

それまで静かに話を聞いていたアレクシオが、低い声で聞き返す。

「そう。前にサンドイッチを作ったでしょう？　あれはね、前世でよく食べていたの」

「じゃあ、今まで俺としたあれやこれやを、ほかのやつとした記憶があるってこと？」

（あれや、これや……？）

アレクシオの言葉に不穏な気配を感じ取り、リオはちょっと固まる。

すると——

「これとか」

リオの体を抱き寄せていた彼の手が、乳房を鷲掴《わしづか》みにする。

「ひぁっ⁉」

「こんなこととか、された記憶があるって？」

「いやぁん。あっ……ん、ちょ、待って」

アレクシオの膝の上に横向きに座っていたリオは、アレクシオの手にやられ放題だ。

スカートの中に素早く入ってきた手に割れ目をなぞられながら、リオは思い出した。

（そうだ。アレクシオ様が唯一怒ることがあった。…………ほかの男の人に関わったら、こうなるんだった）

「ち、ちがっ……んっぁ、待って！　だから、それは……んんんぅ」

説明しようと思っても、激しいキスで説明を阻まれる。

「そうか、そんな記憶は上書きしないとな？」

（あ、あれ……⁉　思いがけず、ものすごく信じてもらっているけれど、おかしな方向に行ってない⁉）

リオは慌てて、彼から逃《のが》れようと暴れた。

「おっ、お見送りが……ぁん！」

「シオに行かせる。公爵夫妻は睦《むつ》みあいの最中だ」

「えっ、そっ……それを公表する気なの～～～⁉」

「差し迫った事態により、そうせざるを得ないな」

「え？　えぇ？　……ふぁっあっぁっ……！」

いきなり、彼の手に胸の中心をひねりあげられる。痛いけれど体の中心がうずくような刺激に、リオは体を震わせた。

スカートの中にもぐりこんできた手に、下着の上から割れ目をなぞられ続ける。じわじわと下着が濡《ぬ》れだした。

「ほら、濡《ぬ》れはじめた」

からかうような声で、アレクシオがリオの耳をいたぶる。

熱い吐息とともに大きな舌が耳の中に入ってきて、くちゃくちゃと濡《ぬ》れた音を響かせた。

「ふ、ぅううん……」

敏感な場所を同時に刺激され、リオは理性をつなぎ止めようと必死で抵抗する。彼の腕を力いっぱい掴み、唇を噛《か》んだ。

するとアレクシオは、さらに激しく彼女の耳朶《じだ》を嬲《なぶ》る。

「だ、めぇ……！」

顔を振って抵抗すると、アレクシオの唇は胸の上に降りてきた。ドレスの上から甘噛《あまが》みされて、その微妙な刺激が、かえってもどかしさを増長させていく。

「ひゃぁ、アレクシオ様、ダメだって……ぁあ！」

リオはもう抵抗らしい抵抗もできない。アレクシオの指と唇に翻弄《ほんろう》されて背をのけ反らせ、その快感を甘受するだけだ。

「はっ……リオ……」

アレクシオの荒い息が、リオの理性を溶かしていく。

あちこちを触られているのに、割れ目に伸びた手は、変わらず下着の上からなぞるだけ。

ぐしょぐしょに濡《ぬ》れているのに、それでも脱がさず、アレクシオはそこをいじり続ける。

「いや、いやぁ。もう……っ、ちゃんと、してぇ」

リオはもどかしくて腰を揺らす。その動きに合わせ、アレクシオは彼女のドレスを引き下げてしまった。

ぷるんと揺れる胸の中心は赤く熟《う》れて、ピンと自己主張している。しかし、そこには直接触れてもらえない。リオはついに焦《じ》れた。

「ちょくせつ、さわってほしいの……っ！　おねがいっ」

アレクシオの手を捕まえてリオが懇願すれば、彼は意地悪く笑った。

「お見送りに行くんだろう？」

(こんなあちこちドロドロの状態にされたら、お客様の前に出られないの、わかっているくせに！

さっき、シオに行かせるって言ったくせに！)

かぁっとリオの頭に血が上り、勢いのままに叫ぶ。

「いじわるっ！」

くくっと、アレクシオは笑う。それと同時にぐりっと割れ目が開かれ、下着越しに彼の太い指が入ってきた。

突然の刺激に、リオが背を反らすと、胸の頂《いただき》がアレクシオの口に吸いこまれた。

ちゅうぅっと、痛いほどに吸われて、涙がにじんでくる。

「さあ、どうしようか？　何をすれば、リオの本当の初めてになるんだろうな？」

「だっ、から……、違うって言ってるのにぃ……！」

彼の指は、第一関節くらいまでリオの中に入ってきているのに、それは濡《ぬ》れた布越し。望んだ刺激でないことが、もどかしい。

リオは乱れながら、なんとか反論する。

「ほん……っ、本で、は少し！　でも、ほとんど知らな……あぁぁ！」

話していると、彼が下着を脱がしだす。

「本……エロ本か？」

「エ……っっ？」

「遠征訓練時に、持っていく男は多い。だが、女性が見るという話は聞かないな。というか、そんなものがあることを知っている女性も、少ないかもしれない」

「私が読んでたのは、女性向けの……、もっと、恋愛とかロマンスを重視したもの！」

憤慨するリオに、アレクシオは納得といった風に言う。

「ああ、だからか。初めてにしては、いろいろと抵抗がないのだなと思っていたが……ん。わかった。本当に経験がないなら、いい」

にっこりと笑い、彼はリオの頬に優しくキスをした。

アレクシオの機嫌が直った。よかったと、リオが思った瞬間――

「っ……あぁぁぁぁんっ！」

ずぶずぶと、彼自身が中に押し進んできた。

待ち望んでいたものの、その激しすぎる衝撃に、リオは一瞬にして高みまで突き上げられる。

いつもよりアレクシオを大きく感じて、ずっと苦しい。

すると、息が浅いリオの体を、アレクシオは横向きから動かした。

「ふぇ、なんで……？」

彼の方を向けると思ったら、逆――テーブル側に向けられて、そこへ手をつかされる。気づけば、お尻をアレクシオに突き出す体勢になってしまう。

そしてアレクシオは、背中からリオに覆《おお》いかぶさり、激しく動きはじめた。

「リオの記憶に問題ないことがわかったから、優しくしているだろう？」

アレクシオは、リオの言うことは基本的になんでも素直に信じてくれるらしい。

リオに実体験の記憶がないことも、たった一言だけで信じてしまった。

嬉しさと戸惑いがまざり合い、リオは複雑な気持ちになる。

けれどすぐ、アレクシオが奥まで入ってきて、息が止まる。腰を高く持ち上げられ、より強く彼を突きつけられたのだ。

ぐりゅ、ぐちゅ……っ。恥ずかしい水音が部屋中に響いた。

「あ、ぁあ！　こっ……んな格好、恥ずかしぃ」

テーブルに両手をついて、お尻だけが上を向いた状態だなんて。恥ずかしいのに、突き動かされながら、くりくりと花芽を刺激されると、気持ちよすぎて声を抑えることができない。

「リオ、なんてかわいいんだ」

アレクシオは、リオの襞《ひだ》を、するすると指でなぞる。

何をされているのか、リオには感触だけではわからない。だけど、確実に快感を与えられる。

いつもと違う場所にアレクシオが当たるのが、新しい快感に結びついて、リオは上半身をテーブルに倒して喘《あえ》ぐ。冷たかったテーブルは、すぐに熱くなってしまった。

「や、ぁん！　あ、ダメ、いっちゃう。いっちゃうの……！」

いつもより速く、激しく動くアレクシオの攻めで、リオは最後の快感が近づいてきているのを感じる。

「いいよ。一緒にいこうか」

アレクシオが覆《おお》いかぶさってきて、背中まで熱くなる。

途端、さらに激しくなる動きに、リオは押し流されるままに、絶頂を迎えたのだった。


「アレクシオ様のばか！」

口では罵《ののし》っているものの、リオは夜着に着替え、アレクシオに抱きついている。彼はまったくダメージを受けていない。

「リオが誤解を招くようなことを言うからだろう？」

「そういう問題じゃない！　それに、前世って言ったでしょう？」

「それでも、もしほかの男とまじり合っている記憶があれば、即刻思い出せないようにしなければいけないからな」

当たり前だろう？　と、片眉を上げた彼に見下ろされ、その表情にさえリオの胸はきゅんと鳴る。

アレクシオが、自分の言ったことを当たり前のように受け入れてくれるなんて、奇跡だ。

こんな人がいるなんて、思わなかった。これほど幸せだと感じられることがあるだなんて、知らなかった。

一緒に布団にもぐりこんで、リオは彼にいろいろな話をした。

好きだった食べもの、夢中で読んだ物語、この世界ではありえない科学を使った機械……

「そうか、不思議なこともあるものだな」

なんでもないことのように、アレクシオはリオのぼんやりした記憶の話を聞く。

そんな彼に、リオは花がほころぶみたいに笑った。

その夜、舞踏会のお見送りは、家令が務めた。

にっこにっこと笑いつつも、額に青筋を立てながら。

「主人たちは急な体調不良で」と、誰もが嘘だとわかる話を聞いた参加者は、みな思った。

サンフラン公爵夫妻は、とてつもなく仲睦《なかむつ》まじいのだな、と。

エピローグ

その日、いつもより早く仕事から帰ってきたアレクシオは、裏庭をずかずかと大股で歩いていた。彼の顔は明らかに不機嫌で、彼をよく知らない人が見れば、悲鳴を上げるかもしれないほどの恐ろしさだ。

しかし、サンフラン公爵家の使用人たちは、彼が向かう方向にある薬草園を思い浮かべて、状況を把握する。そして苦笑いしながら、一礼して道をあけるのであった。

前世の記憶があるとアレクシオに打ち明けた後、彼はリオにその知識を生かしていくことをすすめた。そこでリオに専門的な家庭教師をつけてくれたのだ。リオはその相手とともにさまざまな研究を進めている。

リオが、家庭教師役の医術士――老師と話していると、足音が聞こえてきた。顔を上げたその瞬間――

「リオっ！」

怒ったようなアレクシオの声がした。

振り返れば、リオの素敵な旦那様が軍服のまま立っている。

「おかえりなさいませっ」

いつもよりも早い帰りが嬉しくて、リオは急いで彼に駆け寄った。

早く帰ってくるとわかっていれば、土いじりなどせずにお出迎えをしていたのに。もったいない
ことをした……と考えたところで、リオはアレクシオの不機嫌顔に気がついた。

彼に引き寄せられながらも、彼女は首をかしげる。

アレクシオはリオを胸の中に閉じこめて、老師を睨《にら》みつけた。

「もうちょっと仕事したらどうかの、長官殿」

「今日は早く仕事を上がるから、来るなと言っておいただろう」

話を聞けば、老師は、午前中に王城の回診に行っており、軍部にいたアレクシオと会ったらしい。

そこで、アレクシオは「今日は予定していた仕事がなくなったため早く帰るので、リオの勉強会
をキャンセルする」と伝えたそうだ。

リオは初めて聞いた。家令も何も言っていなかったが。

「勉強は毎日の積み重ねが大切での」

老師はそう言って、アレクシオの命令を守ろうとする家令を説得したらしい。

(シオを説得できるなんて、さすが年の功かしら。是非、その手腕も学びたいわ)

リオが感心していると、アレクシオは気に入らなそうにふんと鼻を鳴らした。

「もう終わりだ」

リオを抱き上げて言うアレクシオを見て、老師はお腹を押さえ、笑って言う。

「ああ、閣下が帰ってきた時点で終わりだと思っとったよ」

「老師、ありがとうございました」

リオはアレクシオの腕に抵抗しながら、老師に挨拶《あいさつ》をする。

老師は、そんな彼女を微笑ましげに見つめて、鷹揚《おうよう》にうなずいた。

「ああ、明日は香りによる不眠改善について、もっとよく聞かせてほしいの」

彼が言ったのは、さっきまでハーブを見ながらリオが話していた、安眠と不眠の話だろう。リオは、嬉しくなって大きな声で返事をした。

「ええ、是非！」

その返事をした途端、アレクシオの歩くスピードが速くなる。あっという間に裏庭から、屋敷の廊下へと戻ってきてしまった。

リオは、そのスピードに目をぱちくりさせながらも、土を触った手を洗ってアレクシオに抱きつきたいなあと、ぼんやり思う。

「ん、んん……!?」

けれど、そんな暇はないらしい。人気《ひとけ》のない廊下で、彼は噛《か》みつくようにキスをしてくる。驚いたものの、キスが嫌なはずはなく、リオはおとなしく受け入れた。

次第に、激しいキスから甘く優しいキスへと変わる。アレクシオの舌がリオの唇の形を確かめるように滑っていって、キスが終わった途端、彼の不満げな顔が見えた。

「リオ、オレは面白くない」

リオの息を荒くさせておいて、彼はまったく息切れしていない。おでこを同士をくっつけ、彼は言った。

「前世の話など、二人だけの秘密にしていればよかった！」

（……また、乙女のようなことを）

リオは医術を学ぶことになったとき、すでに持っている知識をどうやって手に入れたか説明すべく、老師にも前世の記憶について話した。

すると、そんな大切なことを黙っているなんてと老師が言い、国王や家族にもカミングアウトすることになったのである。

すると、家族はけろっとした顔で口を揃えた。

「妙なことを知っているから、そうかもしれないと思っていた」

――悩んでいた日々が馬鹿らしくなるほど、みんな信じてくれたのだった。

「だから、オレだけが知っているリオを見たい」

（……何が『だから』なのかな）

アレクシオの言葉に照れるリオを見て、彼は途端にニコニコと嬉しそうに笑う。

その隙に、リオは彼の腕の中から抜け出そうと試みるが、成功するはずもなく――

「もぉうっ！　アレクシオ様のばかあぁ！」

サンフラン公爵夫妻は、今日もまた、寝室に消えていくのであった。

気がつけば、リオの周りには、リオの前世の記憶について知っている人ばかりになっていた。

大好きなものの話を、大好きな人たちに聞いてもらう。

これは――そう、とんでもない幸せ。

そんな日々が、これからずっと続いていくのである。

Noche
ノーチェ
深森ゆうか
Yuuka Fukamori
聖女の結婚
MARRIAGE OF A SAINT
舐めればどこもかしこも
感じてしまう身体になっているね

Noche
深森ゆうか
聖女の結婚
MARRIAGE OF A SAINT
噛み付かれたら
情事の始まり!?

ああ、甘いな……。
お前の身体は、
どこもかしこも甘い

赤子の頃に捨てられ、領主の屋敷で下働きをしているライラ。そんな彼女の前に、ある夜、美貌の青年が現れた。魅入られたようにその場から動けなくなったライラを青年はキスと愛撫で甘く蕩《とろ》かしていく。気づくとライラは、国王の伴侶として王宮に向かう馬車の中で!? その寵愛は恋か運命《さだめ》か欲望か——身も心も蕩かされるロマンチックラブストーリー！

定価：本体1200円+税　Illustration：一色箱

雪兎ざっく（ゆきと ざっく）
福岡県出身。2015年より小説の執筆をはじめ、2016年に「好きなものは好きなんです！」で出版デビューに至る。ヒロインが幸せになる小説が大好き。

イラスト：一成二志

本書は、「ムーンライトノベルズ」（http://mnlt.syosetu.com/）に掲載されていたものを、改稿・加筆のうえ書籍化したものです。

好《す》きなものは好《す》きなんです！

雪兎ざっく（ゆきと ざっく）

2016年 2月 29日初版発行

編集ー見原汐音・宮田可南子
編集長ー塙綾子
発行者ー梶本雄介
発行所ー株式会社アルファポリス
〒150-6005 東京都渋谷区恵比寿4-20-3 恵比寿ガーデンプレイスタワー5F
TEL 03-6277-1601（営業） 03-6277-1602（編集）
URL http://www.alphapolis.co.jp/
発売元ー株式会社星雲社
〒112-0012東京都文京区大塚3-21-10
TEL 03-3947-1021
装丁・本文イラストー一成二志
装丁デザインーansyyqdesign
印刷ー図書印刷株式会社

価格はカバーに表示されてあります。
落丁乱丁の場合はアルファポリスまでご連絡ください。
送料は小社負担でお取り替えします。

ISBN978-4-434-21688-6 C0093